北の御番所 反骨日録【九】

廓証文

芝村凉也

JN053039

双葉文庫

目次

廓証文　北の御番所 反骨日録【九】

第一話　隠密探索ことはじめ

一

北町奉行所隠密廻《おんみつまわ》り同心《どうしん》の裄沢広二郎《ゆきざわこうじろう》は、出仕《しゅつし》する他の町方《まちかた》役人と同じように、門番を勤める小者《こもの》の挨拶《あいさつ》を受けながら奉行所の表門を潜《くぐ》った。隠密廻りなら普段着姿でも咎《とが》められることはないが、町方装束《しょうぞく》をきちんと身に着けてのことである。

真っ直ぐ奉行所本体の建物には向かわずすぐに右手へ折れて、門と同じ並びの同心詰所《つめしょ》へと足を運ぶ。

つい先日まで用部屋《ようべや》手附同心《てつきどうしん》だった裄沢は、捕《と》り違《ちが》え（誤認逮捕）ではないかとの相談を持ち掛けられたことをきっかけに、捕縛《ほばく》を行った御用聞《ごようき》き・権太郎《ごんたろう》の悪事を暴《あば》いた。その結果権太郎を使っていた臨時廻《りんじまわ》り、安楽吉郎次《あんらくきちろうじ》は自ら謹慎《きんしん》することとなった。

これによって欠員が生じた廻《まわ》り方《かた》（定町廻《じようまちまわ》り、臨時廻り、隠密廻りの総称）の穴を埋めるため隠密廻りの一人が臨時廻りの手伝いに出され、裄沢は臨時で隠密廻りの応援に駆り出されることになった。そして新たな任に就《つ》いて早々、逃亡していた権太郎の目撃談が出回り始めたことから、急遽《きゆうきよ》裄沢はそちらの探索に回されることが決まったのだ。

しかしこの目撃談は、謹慎していた安楽がデッチ上げた流言《りゆうげん》だった。権太郎を加担させての悪事が発覚するのを、何とか免《まぬが》れんとする苦《くる》し紛《まぎ》れの時間稼ぎだったのだが、それが功《こう》を奏《そう》しないと覚《さと》るや、自分を追い詰めた裄沢に牙《きば》を剝《む》いてきたのだった。

裄沢は危うくその罠《わな》を脱し、逃げられないと覚った安楽は自分の頸《くび》に刃《やいば》を当てて内海《うちうみ》（江戸湾）に身を投じた。

こうした一連の経緯《いきさつ》により、廻り方の欠員が恒常的なものになることが確定したため、裄沢はそのまま正式に隠密廻りのお役を拝命することになった。

応援のときから先達《せんだつ》の隠密廻り・鳴海文平《なるみぶんぺい》に言われていたように、「あまり頻《ひん》繁《ぱん》に町奉行所に顔を出していると、いざ内密の探索を命じられて専念せねばならなくなった際に周囲に覚られてしまう」のだが、それでも裄沢はここ数日、本来の仕事場である北町奉行所《きたのごばんしょ》に通い詰めている。昨日までは自裁《じさい》した安楽の一件に絡《から》んでの後始末や、急遽仕事が変わったことでの引き継ぎのやり直しのためであったが、今日出向いたのは夜の海に消えた安楽の存否《そんぴ》が気に掛かっていたからだ。

「おう、裄沢さん、お早う」

先に同心詰所に到着していた廻り方の面々が挨拶してくる。裄沢も挨拶を返して、まずは問いを発した。

「お早うございます——入来《いりき》さん、安楽さんのことがどうなったか、教えてもらえますか?」

安楽が自刃《じじん》して海に身を投じた現場、船松町《ふなまつちょう》の渡し場を受け持ちの中に含む定町廻りの入来平太郎《へいたろう》が、難しい顔で首を振った。

「駄目だねえ。一昨日《おととい》、昨日《きのう》と海士《あま》や水夫《かこ》を潜《もぐ》らして捜させたんだけど、いっこうに見当たらねえや。せめて自裁に使ったってえ脇差《わきざし》でも見つからねえかと思ってたんだけど、そっちもさっぱりよ」

「まあ、岸から近《ちけ》えっつっても、海の底だからねえ」

同じ定町廻りの西田小文吾《にしだこぶんご》が、気の毒そうに言う。

「おまけに、大川《おおかわ》が流れ出る河口のすぐそばだ。あんだけ大きな川が押し出す水の量は並大抵のモンじゃねえだろうし、満《み》ち潮《しお》ンなりゃあ、逆に大川へ向かって海の水がたっぷり押し上げてくからなぁ。一日《いちんち》で何度も変わる流れに揉《も》まれて、どこへ行ったのか見当のつけようもねえ」

入来は頷《うなず》きながら、処置なしという顔で応じた。

「ですけど、もし見当たらなくとも、あの血の流れ方で命があるとはとうてい思えねえんですが」

そう口を挟《はさ》んだのは、裄沢とともに安楽が海に落ちるところを見届けた、これも定町廻りで裄沢とは幼馴染《おさななじ》みの来合轟次郎《らいごうごうじろう》だった。

「お前さんがそう見たなら、万に一つも間違いはねえだろうけどな」

入来の言葉は、それだけ来合の腕前を認めているということだ。剣術《ヤットウ》にはからっきしの裄沢ではこうはいかないから、あの場に来合がいたのは実に好都合だった。まあ来合が来てくれなければ、安楽は裄沢を害そうとした魂胆《こんたん》を諦《あきら》めるわけもなく、今ごろ海の底を捜されてるのは裄沢の死骸《オロク》だったかもしれないが。

桁沢と来合二人の目撃談があって、しかもそのうちの一人は皆が認める剣術の達者であっても、これだけ執拗《しつよう》に安楽の亡骸《なきがら》が捜されているのは、北町奉行所として安楽のしでかした悪行《あくぎょう》がさほどに重大視されているということになろう。

「安楽さんがこれまでどのようなことをしていたのかは、判《わか》ってきたのですか」

桁沢の問いに、安楽に代わって城南《じょうなん》地域を持ち場とする定町廻りと組むことが多くなった筧大悟《かけいだいご》が答えた。

「まあ、あの辺りで悪さしてた小悪党どもの目こぼししてたなぁ確かなようだな」

しかしその程度のことが発覚しそうだからといって、仲間の同心を殺害して逃亡しようというほどやけっぱちになるとは思えない。

その桁沢の表情を読んだのか、筧は言葉を足した。

「後《あた》ぁ、まだしっかりした証《あかし》まで摑《つか》んだたぁ言えねえけど、商家の内情を教《おせ》えて盗みに入る野郎の手助けしたり、佐久間《さくま》さんが何を探索《誰を追ってる》してるかって中身を、探りを入れられてる悪党《ほう》に流してたって疑いもあるな」

佐久間弁蔵《べんぞう》は、当時赤坂《あかさか》などを含む城南地域を受け持っていた定町廻りであり、安楽が臨時廻りとしてよく組んでいた相手だった。

そして、裄沢の顔を見て言いづらそうに付け加えた。

「そいから、いよいよ捕まりそうだって野郎を、秘かに逃がしてやってたって話もな」

筧の態度の意味が判らない裄沢に、これも臨時廻りの室町左源太《むろまちさげんた》が教えてくれる。

「怪我した来合の代わりにお前さんが臨時で定町廻りをやり始めたときに、絡んできた猪吉《いのきち》ってえ男がいたろう」

「猪吉……」

そう繰り返して記憶を辿《たど》る裄沢は、思い出すのにしばらくときが掛かった。

猪吉は、裄沢が市中巡回をするようになって早々、御用聞きの身の証となる手札《てふだ》を求めて裄沢に纏《まと》わりついてきた男だった。赤坂辺りで悪さを重ねて佐久間に目をつけられかけていた小悪党だ。

捕まる寸前に川向《かわむ》こうの深川《ふかがわ》へ逃げ、そこで新たな縄張《なわば》りを持とうとして町方の裄沢に擦《す》り寄《よ》ってきたのだが、逃亡を機に裄沢の前では亥太郎《いたろう》と名を変えて現れたから、すぐには思い出せなかったのだ。

「あの男も、安楽さんの手引きで捕まることなく逃亡していた?」

「ああ、まだその疑《うたげ》えがあるってだけだけどよ」

　室町の返答に、箕が続ける。

「で、安楽さんは、捕まりそうんなって逃がした野郎の悪事を、他の小悪党に引き継がせるようなこともしてた気配がある」

「しかし、捕まりそうになっていたということは、その悪事自体は発覚していたのでしょう」

「もちろん、後を継がせて実際に手ぇ出させるなぁ、しばらく待ってほとぼりが冷めてからだけどな」

「それでも、すぐまた発覚しそうなものですが」

　裄沢の当然の疑問に、箕は溜息《ためいき》をついた。

「当時の定町廻りゃあ、佐久間さんだった。あのお人がどうだったかを考《かんげ》えてみな。捕り損なった野郎がやってた悪さに、いつまでも関心持ってたと思えるかい？」

「それは……」

　佐久間は、自分勝手な振る舞いの多い町方役人だったようだ。それが度を超して最後には致仕《ちし》（退職）することとなったのだが、自分の気の向いたこと以外にはひどく淡泊《たんぱく》なところも見られていた。

　お縄にできると踏んで勢い込んでいたところを逃げられて行方《ゆくえ》も判らぬとなったら、もう関心はすっかり他へ移っているような勤めぶりだったということは十分考えられる。

「その佐久間さんと組んでたのが安楽さんだったからなぁ。互いに不干渉《ふかんしょう》だったたぁいえ、拍子《ひょうし》抜《ぬ》けしてるとこへ他に気を逸《そ》らすぐれえの小細工《こざいく》は、いくらでもできただろうさ」

　皆に見せていたとおりのすっかり無気力になった姿そのままだったら考えられないことでも、陰に隠れて悪事を働いていたとこちらの前で告白した「本来の」安楽の能力なら、確かに十分できたことだろうと思える。

「しかし、安楽さんのあの成《な》り済《す》ましは、自分の家でもやっていたことだったんでしょうか」

　もしそうなら、残された家人《かじん》は今ごろどのような想《おも》いでいるのか。家の主《あるじ》が陰で悪事を働いていたと聞かされ、この先の暮らしがどうなるかも見通せないという状況に突然追いやられたことを考えると、気の毒としか言いようがない。

「それなんだがなぁ」

入来が口を挟《はさ》んだ。

「安楽さんは、女房と離縁《りえん》して、倅《せがれ》も無理矢理そっちへ押しつけてたようだ」

「じゃあ、全くの独り身で？」

「いや、跡継《あとつ》ぎに養子を取ってたんだけどよ」

「？」

「その養子ってえのは、御用聞きの倅だった――もちろん、そのまんまじゃ養子に取ることたぁできねえから、いったん小普請《こぶしん》のとこへ養子縁組《いれ》させて、そっからまた自分の養子にするような手間ぁ掛けてる」

小普請組は、お役に就けない三千石未満の幕臣が編入される組織である。幕臣の身分を売り払うことは禁止されていたが、持参金を持って小普請の養子に入ることで実質的に家柄を買い取ることは間々《まま》行われていた。

そして同じ武家の子になってしまえば、町方が養子に迎え入れるにも障碍《しょうがい》は少ない。安楽は、こうしてお上《かみ》の目を掻《か》い潜《くぐ》ったのであろう。

「しかし、なぜわざわざそんな手間《てま》の掛かることを」

「安楽さんとこへ倅を養子に出した御用聞きってのは、安楽さん《あのひと》が待ち構えてた船松町の渡し場へ裄沢《おまえ》さんを誘い出した男だそうだ」

「！」

「ずいぶんと深みに嵌《は》まっちまってたんだろうねえ」

入来の感慨が安楽のことを言っているのか、それとも御用聞きのことなのかは判らない。しかしいずれにせよ、安楽はいつか自分の悪事がバレることを相当前から予感していたということなのかもしれない。

「その御用聞きは」

「もう捕《つか》めえてるよ」

「安楽さんの仲間には、俺を御番所から尾《つ》けた小者もいましたね」

「そっちの身柄も押さえ済みだ——それ以外にも、安楽さんにブラ下がっていい目みてながら、いざ旗色が悪くなると逃げ散った野郎が何人もいるようだけど、そいつらをどこまで引《ひ》っ括《くく》るのかが、今頭の痛《いて》えとこでな」

一網打尽《いちもうだじん》にはできないのかという裄沢の顔を見ながら、筧が言い添えた。

「みんな引っ括っちまうと、これからの探索御用に影響が出そうでよ。まあ、連中はみんな戦々恐々《せんせんきょうきょう》としてるだろうから、それだけでもいい薬にゃあなってんだけどな」

さほどに手広く悪事を働いていたのかと、安楽の所業《しょぎょう》に今さらながら驚かされた。

「しかしそれでは、安楽さんの家はそのままでは済まないでしょうね」

「さっきも言ったように、御用聞きの倅を養子に取ってるぐれえだから、家がなくなってもどうでもいいつもりだったんだろうさ」

安楽の精神の荒廃《こうはい》の深刻さが、今さらながら思いやられた。

室町が、気分を変えて言ってくる。

「ところで裄沢。お前さん今度《こんだ》ぁ応援じゃぁなくって、正式に廻り方になるそうじゃねえか」

「ええ。この一件の後始末にかかずらわっているところを呼び出されたんで何かと思ったら、正式に隠密廻りを拝命することになりました」

裄沢にそのようなつもりはなかったのだが、ことの成り行きからして辞退が認められる状況ではない。渋々でも、引き受けざるを得なかった。

「これで、きちんとおいらたちの仲間ってことだな。歓迎するぜ」

「何も判らないままにこのようなことになってしまいましたが、これからよろしくお願いします」

頭を下げる裄沢を、皆が温かい目で迎え入れようとしている。

「で、今夜あたりさっそく歓迎の席にお呼ばれ、ってなぁどうだい」

「ありがたいのですが、この後どうするべきか、まずはお指図を仰ぎませんと」

「こっちの後始末ももう一段落したからなぁ――けど、そんならまた吉原《よしわら》の面番《めんばん》所《しょ》で立《た》ち番《ばん》じゃねえのかい」

「こっちでバタバタしてるうちに、月が変わりましたから」

「ああ。そういや、立ち番のほうもそうなるか」

先月は北町奉行所が月番《つきばん》（南北の町奉行所が一カ月交替で新規案件を担当する、その担当月）だったが、裄沢が逃亡した御用聞きの探索やそれに続く安楽の一件で走り回っているうちに、気づけば北町の月番は終わっていた。となると、吉原の面番所での勤務も南町に交替である。

「で、鳴海さんの居所が判ると一番いいんですが、知ってる人はいませんよね」

と皆に訊《き》きながら、視線はこたび隠密廻りから臨時廻りへとお役替えとなった石垣《いしがき》へ向ける。

問われた石垣は首を振った。

「生憎《あいにく》と、おいらぁもう臨時廻りだかんな。もっとも、隠密廻りしてたころだって、相方に内密の御用が申し付けられりゃあ、何やってんのかいっさい知らねえなんてこたぁザラだったけどよ」

ちなみに、安楽絡みの一件で廻り方の体制を臨時に動かすような騒動があったせいか、裄沢への隠密廻りとしての仕事の伝達は全て鳴海が行っている。といっても、今のところは吉原での立ち番ぐらいしか教わってはいないのだが。

バタバタして余裕がないのは石垣も同じらしく、残念ながらお役替え前の勤めはもう念頭にないようだ。

「そうですか……では、御用部屋《ごようべや》へ顔を出して、唐家《からや》様にお指図を仰いでみます」

御用部屋は町奉行が奉行職としての事務仕事《書きしごと》をする際に使用する部屋で、その補助をするための下僚《かりよう》も数多く働いている。つい先日までの裄沢も、その一員であった。

唐家は町奉行の秘書官ともいうべき内与力《うちよりき》の任にあるうちの一人で、当然、御用部屋で仕事をしていることが多い。

現在の裄沢のお役である隠密廻りを含む廻り方は、組織上奉行直属の役職であるが、多忙な奉行に代わって実際には内与力から下命を受けることも多かった。

「今晩身体《からだ》が空くかどうか、忘れずに知らせてくれよ」

同心詰所を後にしようとする裄沢に声が掛かる。

「はい。後で待機番の方に伝えておきます」

そう言って頭を下げながら、裄沢は同心詰所を後にした。

これから定町廻りと、その定町廻りが非番《ひばん》（公休日）の地域は代理で臨時廻りが市中巡回に出ていくのだが、大事件が起こったときや市中巡回中の廻り方が急な病《やまい》を発したときなどにすぐ応援に出向けるよう、臨時廻りから二人ほどは同心詰所に残るのだ。裄沢は、この詰所に待機する者へ、決まった今後の予定を伝えると告げたのだった。

二

同心詰所に集《つど》う廻り方の面々に訊いても鳴海の居所が判らなかったので、仕方がないから御用部屋に唐家を訪ねて鳴海の居場所を突き止めるか、さもなくば唐家から今後の指図を得ようと門に連なる長屋塀《ながやべい》（道との境界側の外壁を塀と一体化させた建物）を出たところ、ちょうど御番所を出ていこうとする鳴海本人と出くわした。

「あっ、鳴海さん！」

慌《あわ》てて呼び止めると、どうにか鳴海も立ち止まってくれた。

「今、お忙しいですか」

「いや、そうでもねえが——おいらにナンか用かい」

のんびりした言い方に多少腹を立てつつも、呼び止めた用件を口にする。

「安楽さん絡みのほうはいちおう終わりましたので、これからどうすべきかお指図を仰ぎたいと存じまして」

「ああ、ええっと、そういや吉原のほうは、もうお役御免だったか」

「ええ。月が変わりましたので」

そう応ずると、鳴海は「うーん」としばらく考える顔になった。ふと顔を上げ、何か思いついたように言い掛けてくる。

「なら、しばらくは町ん中でも彷徨《うろつ》いてもらおうかねえ」

「はぁ……町の中を彷徨くんですか？　それで、どんなつもりでいればよいでしょう」

「まあ、お前さんは得心《とくしん》しねえと満足に動きそうにねえから、じっくり話そうか——歩きながらでいいだろ」

「ええ、お手数をお掛けします」

そう応じて、鳴海に従い御番所を出た。ついでに、気になることを訊いておく。

「ところで、今俺はこのように町方装束ですが、この格好のままくっついていって大丈夫なのですか」

そう問うたのは、鳴海が浪人のような普段着の着流しだったからである。隠密廻りは変装しての探索などにも従事することから、町奉行所で決まりの装束を纏わないことが認められている唯一のお役なのだ。

「ああよ。どうせどんな格好してても御番所を出入りしてるってとこで、判る野郎にゃあバレてるさ。この界隈《かいわい》にいるうちゃあ、気にしねえでいいよ」

あっさりと返された。

「ところで、なんで町ン中を彷徨くかだったよなぁ」

「はい」

「お前さん、ちょいと前に定町廻りの代役やってたってえから、そんとき受け持った本所《ほんじょ》・深川にゃあそこそこ土地鑑《とちかん》は持ってんだろうけど、それ以外ンとかぁ丸っきりだろ」

「……これまで拝命したお役は他の人より多いほうだと思いますし、その中には外役《そとやく》（外勤）も少なからず含まれていましたから、丸っきりということはないと思いますが」

「でもよ、そん中にゃあ、何年も前の古い記憶だけってとこも少なくねえんじゃねえのかい——吉原から引っ張り出されてくことんなった先日の一件でも、向かった先の探索にゃあ、でえぶ苦労したって聞いてるぜ」

実際の苦労は、過分な恩義を感じて裄沢の手先となって働いてくれる三吉《さんきち》を、当人が顔を合わせるのを憚《はばか》っている北町奉行所の面々から遠ざけておくために、他の廻り方と連携を取りながらとなった探索には使えなかった点にあったのだが。

ただ、「内密のご用を承《うけたまわ》ったときに急に顔を出さなくなるのはマズいから」という理由でろくに町奉行所へは行っていなかったはずの鳴海が、どこで裄沢の「苦し紛《まぎ》れの言い逃れ」をいち早く聞き知ったのか、裄沢はふとそちらのほうが気になった。

まあ、三吉のことを隠しておこうとすると鳴海の言《げん》を否定することはできないから、「それは、まあ」といった返事をせざるを得ない。実際、過去に仕事で何度も足を運んだ辺りであっても、かなり昔の話で道も建物も大きく変わっているという場所が少なからずあってもおかしくはないのだ。

木造の建物が密集していた当時の江戸の町は、ひとたび火災が起きれば一面焼け野原となり、復興後は町並みがガラリと変わってしまうようなことが珍しくもなかった。

裄沢の返答に頷いて、鳴海は話を続ける。

「だからこそ、なんにもやることがなくても、ともかく町ん中をいろいろ見て回るってこったぁな——お前さんは、こたびゃあ正式に隠密廻りになったんだ」

「はい」

「その隠密廻りゃあ、江戸の町を六分割した手前《てめえ》の持ち場がしっかりとある定町廻りとも、その定町廻りとほとんど組《くみ》んなってる臨時廻りとも違って、いざ御下命があったときゃあ、江戸の町のどこもがお前さんにとっちゃあお勤めの場だ。お指図を受けたときに、『その辺りゃあ、どうも不案内ですんで』なんて言い訳ゃあいっさい利かねえ。

なら、いざってときが来る前《めえ》に、できる準備はしといたほうがいいんじゃねえかってこった」

「……なるほど、それはおっしゃるとおりですね」

不承不承《ふしようぶしよう》頷いた裄沢を、鳴海は横目でチラリと見やる。

「判ったって言いながら、どうもあんまり得心してねえ様子だねえ」

「そういうわけでもないのですが……俺が何らまともな仕事もせずにブラブラしてる間、定町廻りや臨時廻りの皆さんは、汗水垂らして懸命に市中見回りをしているのかと思うと」

「何となく、後ろめてえ気持ちになるってかい」

「……吉原の面番所で立ち番をしていたときも、ただ通りかかる者を見ていただけですから似たような思いはあったのですが、正直、そういう気分になってるところはあります」

「そんな気持ちゃあ、バッサリ捨てちまいな」

裄沢は、それまでの言い方から一転してはっきり断言してきた鳴海に驚いて顔を向けた。

鳴海は、真っ直ぐ前を向いたまま続ける。

「いいかい。おいらたち隠密廻りは、内密の探索を命じられて必要となりゃあ、やくざ者《もん》にでも遊び人にでも化《ば》けなきゃなんねえ。そしたら賭場《とば》じゃあ真剣に博《ばく》打打《ちょうちゃく》たなきゃならねえし、仲よくなった野郎と連《つる》んで女郎《じょろう》買いに行ったら、本気で妓《おんな》と遊ばにゃならねえ。

それができねえで、どっかから回されてきた間者《かんじゃ》だなんてバレてみろい。苦労して潜り込んだのが、いっぺんでみんなワヤだ。それこそお役に背《そむ》く大失敗《おおしくじ》りになっちまう――吉原の面番所でボケッと突っ立ってるとか、みんなが仕事してるときに町ん中のんびりフラついてるとかって程度で、後ろめてえ思いしてたんじゃあ、この先とっても勤まらねえよ」

「それは……」

新たにお役に就いた自分を吉原で一人置き去りにしたかと思えば、今度は勝手に町を彷徨いてろと突き放したりするような鳴海のことを、隠密廻り本来のお役から裄沢を閉め出そうとしているのではないかと、疑う気持ちが生じかけていた。

しかし実際には、何の準備も予備知識もないままこのお役に就かされた裄沢に対して、一から仕事を教え込もうとしているのだということが、だんだんと理解できてきた気がする。

そんな裄沢の考えも知らず、鳴海はさらに駄目を押す。

「博打で負けて消えてく金がお上の大事《でえじ》な公金だとか、女郎とシッポリやってるときに、家に残した女房に不義理だとか考《かんげ》えてるようじゃあ、隠密廻りは勤まらねえのさ」

「まあ、俺は独り身ですから、後のほうは考えずに済みますが」

「あれっ、お前さんその歳で、まぁだ女房がいねえのかい」

「これでも男鰥《おとこやもめ》です——とはいえ、女房がいたのはもう十五年以上も前のことになりますが」

そう吐露《とろ》された鳴海は、何か言いかけて口を閉ざした。かつて裄沢について聞いた噂《うわさ》を、思い出してのことかもしれない。

次に口に出したことは、思い直して話柄《わへい》を変えたのが覘《うかが》えるような話だった。

「しっかし、噂《人の話》もあんまり当てになんねえもんだねえ。北町随一のやさぐれが、こんなお堅《かた》いお人だったなんてな」

「堅いですかね」

「隠密廻りをやるにしちゃあな——まあ、賭場に行ったり女郎買いするような仕事が入ったら、おいらに任してくれりゃあいいさ。そういうなぁ、こっちも嫌いじゃねえからよ」

「なら俺は、慣れるまでの間は内与力の方々とのやり取りでも任せてもらいましょうか」

「へえ。そっちのほうでおいらの楯《たて》になってくれるってかい。そいつぁ助かるけどよ」

「まあ、これまでも突っぱねたり掻《か》き回《まわ》したり、いろいろやらかした自覚はありますので。今さら臆《おく》するようなことはありません」

「なるほどねえ。そっちのほうでやさぐれだってか」

鳴海は呆《あき》れたような目でこっちを見てきて何か呟《つぶや》いたが、町の喧騒《けんそう》に紛れて裄沢にはしっかりと聞き取れなかった。

鳴海は、隣を歩く裄沢の腰の辺りへちらりと目をやる。

「ところでお前さん、その腰の物《もな》ぁ、もしかして刃引《はび》き（刃を研《と》ぎ出さないままにしている刀）かい」

「？ ――ええ、そうですが」

町方は咎人《とがにん》を斬り捨てるのではなく捕らえることを使命としていることから、廻り方には、刀身《とうしん》を相手に当てても打撲《だぼく》を負わせるだけで傷つけることのない刃引きを常用している者が多かった。裄沢も、負傷した来合の代理で短期間のみ定町廻りを勤めることになったときに購《あがな》った、刃引きを帯刀《たいとう》している。

「隠密廻りゃあ町方装束じゃねえときのほうが多いぐれえだけど、そんときゃあちゃんと刃の付いた真剣《ダンビラ》を腰に差しなよ」

「……そのほうがいいですか」

裄沢があまり乗り気でない返答をしたのは、自身の剣術の腕のほどを知っているからだ。本気の刀争《とうそう》の場で真剣を振り回しても、きちんと「刃筋を立て」て対象に当てる自信などない一方、これが刃引きであれば相手の真剣と打ち合わせた際に損傷を与えられるかもしれない。

相手の刀を折ったり曲げたりしたなら使い物にならなくできるし、刃毀《はこぼ》れをさせただけでも本来致命傷になるはずの自分の身に受けた傷が、刃毀れの部分で引っ掛かることで斬られる程度が浅くなれば、命を落とさずに済むことだってあるかもしれないのである。

そんな期待で、裄沢は刃引きの刀を手に入れて以降、定町廻りの代役としての勤めを終えた後も普段からずっと愛用してきていた。

ちらりと裄沢を見た鳴海が理由を説明する。

「巷《ちまた》の浪人どもがどんな刀を差してるか考えてみねえ。刃引きなんぞを腰にしてるヤツなんぞ、一人もいやしねえぜ。

万が一、お前さんが浪人姿ンときに刃引きを身に着けてると知られてみねえ。そいだけで、潜り込むまでに要した苦労がみんなオジャンだ――刃引きを差してるよりゃあ竹光《たけみつ》のほうがずっとマシだけど、いざってえときに頼りになる物じゃねえから、おいらぁお奨《すす》めはしねえな」

納得せざるを得ない裄沢は深く頷く。

「おいらから助言するなら、刃引きの刀は物置の奥にでも仕舞っといて、今後は常に真剣を腰に差すようにするこったな。それなら、『間違って刃引きを手挟《たばさ》んでました』なんて、目も当てられねえこたぁまず起こらねえからよ」

「……ためになります」

「ついでに言っとくと、そういうワケでおいらは普段正体がバレそうな物は身に着けねえようにしてるけど、いざ捕り物となったときとかに、こっちの身分が証《あか》せねえようじゃ話にならねえ。そういうときのために、これだきゃあ肌身離さず持つようにしてんだ」

そう言って懐《ふところ》から布の包みを取り出すと、ぐるぐる巻きにしていた紐《ひも》を解《ほど》いて中身を見せてくれた。

それは、全長で指先まで伸ばした掌《てのひら》ほどの長さしかない、玩具《おもちゃ》のような十手《じって》だった。ただし、持ち手にはきちんと滑り止めの糸が巻かれており、尻には短いながら房《ふさ》も付いている。

以前の巻で述べたように、十手術は武芸百般《ぶげいひゃっぱん》にも含まれるような武術であるから、十手の所持自体は一般の者であっても禁止されてはいない。しかし、「房の付いた十手」となるとお上より任ぜられたお役に就いているという身分を表す物と見なされるため、岡っ引きにせよそれ以外の者にせよ、これを断りなく所持していたとなるとそれだけで身分詐称《さしょう》の咎《とが》で責めを負わされることになりかねなかった。

岡っ引きが「朱房《しゅぶさ》の十手」を手に颯爽《さっそう》と登場するなどというのは、小説や映像作品の中だけの出来事なのだ。

捕り物の際に御番所が貸与《たいよ》する物にせよ、あるいは自前で用意した物にせよ、岡っ引きが手にする十手は持ち手の部分の地金《じがね》がそのまま剝《む》き出《だ》しになっているような拵《こしら》えがほとんどだった。滑り止めとして持ち手に糸や革を巻いただけでも、お堅い町方役人《だんな》に見つかれば眦《まなじり》を吊り上げて怒られるような目に遭《あ》いかねなかったのである。

「そんな小さな十手も御番所に？」

「ああよ。おいらたち隠密廻りぐれえしか使わねえから、目立たねえとこに仕舞ってあったな。お前さんも使いてえなら、年番方《ねんばんかた》に言やあ出してくれんぜ」

年番方は、奉行所内の人事や出納《すいとう》などに関わる部署だが、備品の管理も取り扱っている。現代の会社組織で言えば、人事・経理・総務全般を取り仕切る管理部門に相当するところだった。

「ありがとうございます。今度聞いてみます」

「じゃあ、おいらぁ行くぜ」

「出がけにお手間を取らせました。ありがとうございました」

頭を下げる裄沢のほうをろくに見ようともせず、どこへ何をしに向かったのか、鳴海は西の方へ速足で去っていった。

「さて」

その背中をしばらく見送った裄沢は、これからどうしようかと迷いながらもそのまま足を進めた。

三

四月から月が変わって吉原の面番所での勤めも南町に移ったのだが、この年は五月になる前に閏《うるう》四月がある。

陰暦《いんれき》のひと月は、お月様が見えない状態（新月）から三日月を経て満月となり、また見えなくなるまでの間（月の公転周期）であるから、おおよそ二十九日半ほどになる。これを、満月が毎月十五日と重なるように、大の月は三十日、小の月は二十九日としてひと月の日数を決めていく。

ところがこれで十二カ月だと、一年が実際の季節のひと巡り（地球の公転周期）より十日ほど短くなってしまう。そのままでは暦《こよみ》の月と実際の季節の運行がどんどんとズレていってしまうので、およそ三年に一度程度閏月を設け、その年は一年十三カ月とするのである。

これでいちおうの帳尻《ちょうじり》は合うのだが、閏年の前後で暦上の日付が前年同時期の季節とひと月もズレるとなると、暦が種まきや田植えなどの目安にならずに農家などは困ってしまう。

そこで、月の満ち欠けに基づいた暦とは別に、昼夜が同じ六刻（十二時間）ずつとなる春分と秋分を基準に「季節ひと巡り換算の一年」を二十四等分して、立《りっ》春《しゅん》、啓蟄《けいちつ》など名称をつけた二十四節気《にじゅうしせっき》を併用するようになった。茶摘《ちゃつ》みの八十八夜、台風の季節到来を意味する二百十日《にひゃくとおか》などは、いずれも立春から数えた日数で表した日付となっている。

月の満ち欠けを基準とする暦を陰暦、季節の一巡を基準とする暦を太陽暦と言うが、二十四節気は前述のとおり太陽暦の一種である。このように陰暦と太陽暦を併用する暦の在り方は、より正しくは太陰太陽暦《たいいんたいようれき》と呼ぶ。

鳴海と別れた裄沢は、江戸城《おしろ》からは北北東《うしし》の方角、神田川《かんだがわ》を渡った先の下谷《したや》近辺を歩いていた。

何かの目的があってのことではない。鳴海から言われたように、「ただ町ン中を彷徨いて」いるだけである。

こちらのほうへ足を向けたのも、特に理由があるわけではなかった。単に、鳴海と連れ立っていたときに北の方へと歩んでいたから、何とはなしにそのまま足を進めているというだけだ。

筋違御門《すじかいごもん》で神田川を越えてこんなところまでやってきたことに、後づけで無理に理屈を立てるとすれば、日本橋《にほんばし》北や神田までは買い物などで日ごろから足を運ぶことがあるし、さらに先の吉原はこのごろお勤めで毎日のように通っていたのに、その途中のこの界隈は仕事の往き帰りでただ通り抜けるばかりだったから、というぐらいか。

――そういえば、倉島《くらしま》様に言われて蔵前《くらまえ》のほうへ足を運んだことはあったな。

のんびりと道の両側を見ながら足を進めつつ、そんなことを考える。

蔵前も神田川の北側だが、裄沢が今いるところよりは東のほう、大川にずっと近い場所になる。奉行所に立ち寄らない限り、吉原への往き帰りはそちらのほうを通る道筋を使っていた。

益体《やくたい》もない仕事だったが、それを命じた倉島も今は御番所にいない。その仕事の間に目撃したことから関わることになった一件には心沈ませる思いもしたので、裄沢はすぐに頭に浮かんだ考えを打ち消した。

――吉原へもほとんど向こうの道を使っていたことを考えると、やはりこの辺りは不案内か。

上野寛永寺《うえのかんえいじ》に通ずる広い往来《おうらい》であり、さすがに道を知らないわけではない。しかし、廻り方の一員として十分かといえば、決してそうではないという自覚があった。

裄沢は、通行人の邪魔にならぬよう端へ寄って前と左右を見回した。もっとも今日は町方装束であるから、ぶつかりそうになる前に通行人のほうが避けて通っていくのだが。

――さて、これからどうしようか。

裄沢が今歩いているのは下谷広小路《ひろこうじ》と呼ばれ、通常の道よりずっと幅のある広い通りだ。

広小路は防火のために常設の建築物を置かない空き地のことであり、火事の際に火が橋を伝って対岸まで燃え広がらないよう橋の両端に設けられていることが多いが、道の反対側まで燃え広がらないよう単なる道の幅を広く取っているところもある。

裄沢が今歩いている下谷広小路はそうした道の一つであった。

裄沢の視線の先には、御橋《みはし》とも三橋《みはし》とも記述される三本並んだ橋がある。

中央が太く普段使われている物で、将軍家も菩提寺《ぼだいじ》の上野寛永寺への社参《しやさん》に用いることから御成橋《おなりばし》と呼ばれる。左右は中央より幅が狭く、今の裄沢のように北へ向かって右手が縄付きを連行する際の小橋、左手は弔《とむら》いを通す小橋とされていた。

いずれも他の用事で通れないということはないのだが、細いからというだけでなく、縁起が悪いということもあって左右の橋を使う者は少ない。気にせず渡っているのは、多くが江戸見物にやってきた事情を知らない他国者であろうか。

仕事とも言えぬ仕事でただブラついているだけの裄沢は、うしろめたさから何とはなしに右の橋を渡りたいような気分であった。

――そろそろ、どちらへ向かうか決めねばな。

このまま真っ直ぐ橋を渡れば寛永寺だが、その先はすぐに根岸《ねぎし》や日暮里《にっぽり》の田畑が広がる農地になる。右手に曲がれば御米蔵の北、浅草寺《せんそうじ》の雷門《かみなりもん》の前や大川を本所へ渡る吾妻橋《あずまばし》に達する。左手に行くと、不忍池《しのばずのいけ》の南岸を掠《かす》めて加賀前田家《かがまえだけ》の上屋敷や本郷《ほんごう》のほうへ抜けていく。

裄沢はほとんど迷わず道を左手に採った。

まだ陽も高いからしばらく歩くことを考えると田圃《たんぼ》や畑のあるほうへ向かっても仕方がないし、東に大川のほうへ向かうのは吉原への行き来に使っている道に行き当たる。吾妻橋を渡った先は臨時で定町廻りをしていたときに散々歩き回ったところだから、「不確かな町へ足を向けて近辺の有りようを憶《おぼ》える」という今の目的にそぐわない。

結局、西へ向かうしかなかったのである。


江戸一番の大きな沼沢《しょうたく》である不忍池は、上野のお山、別名忍《しのぶ》ヶ岡《がおか》の麓《ふもと》に水が溜《たま》ったところであることからその名が付いた。八代将軍吉宗《よしむね》のころにはすでに蓮《はす》が名物となっており、さらに池の中に突き出す新地を築《きず》き橋を架《か》けるなど、その後も景観の整備に努《つと》めたことから観光名所となって、池の周辺には多くの水茶屋《みずぢゃや》などが建ち並ぶように町並みが変化していく。

最初は茶や軽食を提供するだけだったのが茶汲女《ちゃくみおんな》を置くようになり、岡場所と変わらぬような商売をする見世《みせ》も目立つようになる。それが寛政《かんせい》の改革でいったんは下火となるも、同類でありながらなおも勢いを落とさぬ商売もあった。

男女が秘かに逢瀬《おうせ》を重ねるための、出合《であ》い茶屋《ぢゃや》がそれである。忍ぶ恋をする自分らが密会する場所の地名が不忍池というのが、どうやらそうした者らの琴線《きんせん》に触れたらしい。二階座敷などから見える風光明媚《ふうこうめいび》な景観も、二人の情感を盛り上げるのに役だったことだろう。

裄沢は、出合い茶屋がそこここに建つ町並みを左手に、不忍池の情景を右手に眺《なが》めながら足を進めた。池の景色を愛《め》でていても、さすがに前方へいっさい気を配らないということはない。

自分の進む先の建物の陰から、若い男女らしき二人連れが現れたのは薄《うつす》らとではあるが把握《はあく》していた。途中からそちらに向ける意識が強まったのは、二人の後から別な男がひょっこり顔を出したからだ。

後から顔を出した者は、先の男女が後方に気を配っていないのを確認してから全身を顕《あらわ》した。どうやら二人の後を尾《つ》けていたようだ。こちらのほうの歳は四十前後か。

前を行く若い男女は出合い茶屋の陰から道へ出てほどなく、左右に分かれている。男が裄沢のほうへ、女は裄沢に背を向けて歩いてゆく。後から姿を顕した者は、二人のうち男のほうを追ってやはりこちらに近づいてきた。

若い男は、町方装束の裄沢とすれ違うとき、小さく低頭していった。相手がどこの娘だったかは知らぬが、女と密会をした直後にしては、町方を見ても気まずそうな様子を見せなかった。

若い男を尾けているらしい者は、裄沢にちらりと目をやっただけで脇を素通りしていく。接近するのを躊躇《ためら》う素振《そぶ》りもなかったところからすると、御用聞きかその子分であるように思われた。

裄沢に愛想《あいそ》一つ振《ふ》り撒《ま》かなかったのは、自分を使う旦那でも顔見知りの町方でもない上、もしかすると尾行に裄沢が気づいていないと思ったからかもしれない。

裄沢はそれぞれと行き違うとき、いずれも素知《そし》らぬ顔をしていた。

その裄沢が若い男と会っていた娘の後を尾けるような格好になったのは、単に歩く方向が同じになったからだ。娘がどこかで道を折れれば、そのまま関心を持つことなく忘れ去っていただろう。

ところが娘は、しばらく真っ直ぐ歩いた先に建つ見世に入っていった。

裄沢は足を速めるでもなく、その見世に近づいていく。どうやらそこは、小さな小間物屋《こまものや》のようだった。

買い物をしている娘の横顔でも見えるかと、ちらりと見世の中へ目をやる。すると、客らしい男から娘が代金を受け取っているところだった。

——客ではなしに見世の者か。

そんなことをちらりと思っただけで、足を弛《ゆる》めることもなく見世の前を通り過ぎていく。

——この先は、前田様の上屋敷か。

本郷から小石川《こいしかわ》へ出るぐらいはいいとして、あまり遠くまで足を延ばすと帰りが面倒だなと思いながら、それでも道なりに先へと歩いていった。

四

その日は早めに御番所へ戻った。同心詰所で待機番をしていた筧に「夜、皆に付き合える」ことを報告し、用事をあと一件だけ済ませて仕事を終えた。

夜は無論、廻り方の皆が開いてくれた歓迎の宴《うたげ》に顔を出す。宴とはいっても廻り方の皆が自腹で催《もよお》してくれたものだから大した見世ではなかったが、その日非番であったのにわざわざ出てきてくれた者もいて、長《なが》っ尻《ちり》はしなかったものの楽しい宴席であった。

翌日。裄沢はまた、前日と同じ池之端《いけのはた》——不忍池の畔《ほとり》へ足を運んでいた。

本日の身形《みなり》は普段着の単衣《ひとえ》の着流し、いかにも隠密廻りらしいと自分が思う格好である。そのために、朝に組屋敷までやってきた髪結《かみゆ》いに、髷《まげ》も町方定番の小《こ》銀杏《いちょう》から、武士も町人もよくやっている本多髷《ほんだまげ》に結い直してもらっている。

髪結いは、これまで毎朝来合のところに通ってくる銀太《ぎんた》に三日に一度程度寄ってもらっていたのを、前日までに来合かその妻の美也《みや》に言付《ことづ》けて、用事があるときのみ顔を出すように変えてもらった。

本日のように、いつ髪型を変える必要が生ずるか判らないし、場合によっては潜入探索で組屋敷に戻らない日が続いて、無駄足を踏ませることになるかもしれないからだ。「むさい浪人」の格好をする必要があるときには、月代《さかやき》を伸ばして髪にも手を触れないでおくことになるし。

変装で必要となる髷の種類によっては、「付《つ》け髷《まげ》」で髪の毛を足すことも有り得るから、銀太にはその用意もしてもらっておく。そのためにいくらか前もって金を渡しておこうとしたのだが、「ずっと町方役人相手にこの商売をやらしてもらってますんで、すでに支度《したく》はありやす」と断られてしまった。

なお、付け髷は当時、現代の鬘《かつら》と同じほどには世に知られ、一般に流通している品であった。たとえば武家には「髷が結えなくなったら隠居《いんきょ》する」といった慣習があったらしく、隠居できない（もしくはしたくない）という事情を持つ「頭が寂《さび》しい」武家には必需品だったのである。

池之端へ足を運んだのは、何とはなしに昨日のことが心のどこかに引っ掛かっていたからだ。もし他にちゃんとした御用でも抱えていたならば、あっさりと忘れ去っていたような小さなものでしかなかったとはいえ、幸いと言うべきか、鳴海から告げられた今の裄沢の仕事は「ただ町ン中を彷徨く」ことだけである。

しかも、期限は定められていない。広いお江戸とはいえ毎日彷徨き回っていれば、早々に見るべきところはなくなってしまうであろう。さもなければ路地裏にまで踏み入って、どこへ行っても変化がないような裏長屋の佇《たたず》まいを軒並み眺め歩くかだ。

早晩そんな事態に陥《おちい》ってしまうぐらいなら、ほんのわずか気になったことでも多少は踏み込んで、もし調べられるなら無理をしない範囲で調べることにときを費《つい》やしたほうがまだマシであろう、という程度の考えだった。

裄沢は、一軒の小さな小間物屋の前に立った。昨日の若い男女の二人連れのうち、娘のほうが入っていった見世である。

右隣は茶と軽食を供《きよう》するごく当たり前の水茶屋、左の隣家はどうやら商売をやめた元の出合い茶屋らしい。小間物屋の建物はいくらか古びて見え、長いことその地で商売を続けているところなのかもしれない。

祐沢は足を進め、見世の中に入ってみる。

一隅《いちぐう》には化粧水や紅《べに》、白粉《おしろい》、櫛《くし》、簪《かんざし》などの女物が、別の場所には袱紗《ふくさ》や財布《さい ふ》、煙草入《たばこい》れなどが置かれている。品揃《しなぞろ》えが雑多であることを含め、どこにでもある類《たぐい》の見世に思えた。

「いらっしゃいませ」

客の気配を察したのであろう、見世の奥から女が出てきた。どうやら、昨日の娘のようである。

十六、七ほどに見える娘の笑顔には、相手の心を和《なご》ませるような愛嬌《あいきょう》が感じられた。

祐沢を警戒する様子は見られない。昨日の町方装束だとは気づかれていないようだ。まあ、娘の後ろを歩いていただけで、こちらを振り向かれた憶えもなかったが。

「悪いが、ただの素見《ひやかし》だ。邪魔なら追い出してくれていっこうに構わぬ」

「あら、よく見ていってくださいな。それでお気に入りがあったらお求めください」

　裄沢の断りへ如才《じょさい》なく返してくる。

　それでは遠慮なく、とばかりに裄沢は並べられた商品を見ていくことにする。

「どなたかに、差し上げる品ですか」

　品定めをする裄沢に、娘が問い掛けてきた。

　――隣の組屋敷に住む茜《あかね》に何か買って帰ろうか。

　ふとそんなことを思いついたが、これまでやったこともない気紛《きまぐ》れなどするべきではないな、と考えを変えた。

　なにしろ茜は吟味方《ぎんみかた》与力・甲斐原之里《かいばらゆきさと》の嫡男《ちゃくなん》に見初《みそ》められ、もう祝言《しゅうげん》が決まっているのだ。誤解の因《もと》になりかねない振る舞いは控えたほうがよい。まあ、裄沢がこの程度のことをやったとて、妙な勘ぐりを受けるようなことになるとも思えないけれど。

「さっきも言ったが、素見だ。贈《おく》る相手もいないしな」

「そりゃあ、お淋《さみ》しいことで。それでは、何かご自分用にいかがですか」

　ぐいぐい来るが、言い方なのか人徳なのか、客に嫌なものを覚えさせない。

　たとえ商売とはいえ、娘が見も知らぬ浪人姿の男にこれだけ親しげにものを言ってくるのは、裄沢が髷も身形もいちおうはきちんとしているように見えることがひと役買っているのだろう。

指図を受けたのが昨日の今日で、尾羽打ち枯《おはうちか》らした無頼《ぶらい》浪人の身形など用意しようもなかった。とはいえ、ただ「町ン中を彷徨いて市中の有りようを知る」だけだから、今の格好で何ら支障はないのであるのだが。

「お奨めはあるかい」

安い物なら、気が向けば買ってもよいぐらいのつもりで問うてみた。

「そう言われても、どのような物をお求めか判りませんと」

一転して困惑顔になる。雑多な商品を並べているのが小間物屋だから、確かに客の望みが判らなければ売り込みも難しかろう。ただ、「何でもいいから売りつけてやろう」というような押しの強さがないのは好感が持てる。

「この見世ならでは、とかいう物はあるのかい」

自分でも無理なことを言うとは思いながら、話の接ぎ穂《つぎほ》になればと持ち掛けてみた。

「あの、お贈りするお相手がいらっしゃらないと伺っておきながら何ですけど」

いくらか躊躇いつつも、並べた商品の一画を指し示す。

そこには、櫛と根付《ねつけ》、いくらか大きさの違う巾着《きんちゃく》二つ、といった少々奇妙な組み合わせもある雑多な品が並べられていた。巾着も色違いながら同じ柄に染めてあり、これも男物と女物の一対《いっつい》なのであろう。

「巾着は男物と女物でひと組だろうと判るが、櫛と根付とかの組み合わせもそうなのか？」

「手に取ってよくご覧くださいまし」

思ったままを口にした裄沢に、娘が楽しげに返す。その言葉に従い、裄沢は櫛を手に取って顔に寄せて見る。

歯が並んだ一番端の太い部分に、小さく何かが彫り込まれていた。

今度は根付を手に取ってみると、瓢簞《ひょうたん》型をした煉物《ねりもの》の底に、同じ物が彫られているようだった。

「巾着にも、印《しるし》がありますよ」

言われて巾着を手に取ってみると、二つのいずれも縫い合わせになった目立たぬところに、小さな縫《ぬ》い取《と》り（刺繡《ししゅう》）がしてあった。

「忍ぶ仲の二人では揃いの物を買っても周囲の目を気にせねばならぬが、これならば気づかれることなく持ち合えるか。考えたものだな」

巾着の柄はよく見掛けるものだから、お揃いみたいと誰かが目に留めても、「偶然似たような物を持っているだけ」と誤魔化《ごまか》せる。縫い取りは布の柄と同じ色の糸で、縫い合わせの角になっている端に小さく入っているだけなので、手に取ってじっくり見られでもしない限りあることにすら気づかれまい。

それでも隠れて揃いの物を持ちたい、持つことで忍び会う二人がますます盛り上がる――浮気も含めて、こういうので気持ちの昂《たか》ぶりがあるのだろうなというのは無粋《ぶすい》な衍沢でも想像できる。

この見世独自の工夫かどうかはともかく、まさしく出合い茶屋の建ち並ぶ池之端ならではの売り物と思えた。

「お二人でいらしたお客様にお奨めすると、お求めになる方がたくさんいらっしゃいます」

「商売熱心で結構なことだ――それにしても、千鳥《ちどり》の印が多いようだが」

組になっている他の品物も見ながら言う。彫られたり縫い取りされたりしている物の多くが、千鳥紋《ちどりもん》の中から一羽だけ抜き出したような図柄だったのだ。

「さほど凝《こ》った意匠《いしょう》じゃありませんので、彫るのも縫い取りするのも、あまり手間が掛からないんですよ。それにお客さん、ここへ入ってくるときに看板は見ませんでしたか？　この見世の名が、千鳥屋《ちどりや》っていうんですけど」

「まあ、手間を省《はぶ》けるというのは、数を売るには大切なことだな」

看板にまで注意を払わなかったことを、裄沢はそう応じることで誤魔化した。

「手間が掛からなければ、その分お安くできますので」

娘は澄まし顔で返事をしてきた。

最初から素見だと断ってはいるが、これだけしっかり相手をさせたからには何か一つぐらいは買ったほうがよいかと、気分を改めて並べられた品を見直し始めたとき、見世に新たな客が入ってきたようだった。

五

「おう、邪魔するぜぃ」

そう言って姿を現したのは、四十を過ぎたぐらいの歳かと思える、色黒でがっしりした体格の男だった。

身形から判断すると商人のように見えるが、お客と和《なご》やかに談笑しているところが思い浮かばない。むしろ、雲助《くもすけ》まがいの駕籠《かご》舁きを束ねる辻駕籠屋《つじかごや》の親方や日傭取《ひようとり》（日雇い）相手の口入屋《くちいれや》（職業斡旋業者《あつせんぎょうしゃ》）のような、荒い口ぶりで使用人や客を捌《さば》く類《たぐい》の商売人と言ったほうがしっくりくる。

男の後ろから現れた見世の手代なのか子分なのか判らぬ男も目つきが悪く、裄沢の印象を好転させることにはならなかった。

「これは、大前屋《おおまえや》の旦那さん」

娘が男に掛けた声も、裄沢のときとは違って硬いものだった。

「おい、お咲《さき》。やってきた客に『いらっしゃい』のひと言もねえのか」

娘に大前屋と呼ばれた人相の悪い商売人は、中を一瞥《いちべつ》して裄沢にちらりと目を向けたあと、まるで誰もいないかのように存在を無視して娘へ文句を垂れた。

「あら。でも大前屋の旦那さんは、うちに顔を出しても鼻紙一つ買ってくださったことはございませんし」

お咲と呼ばれた娘は、怖がる素振《そぶ》りもなく澄まして返す。

大前屋はチッと舌打ちすると「相変わらず愛想もねえ」と吐き捨てた。視線をお咲へ向け直して声を低める。

「おいらぁ、物を買いに来たんじゃあなくって、お前さんとお前さんの父親《てておや》に会いに来たんだ。立派な客だろうが」

「何か用がお有りでしたでしょうか。これまで繰り返されてきたお話でしたら、返事は変わっておりませんのでお帰りください」

　お咲がにべもない言葉を返すと、大前屋の後ろにいた男が口を出す。

「おい、お咲さん。自分の亭主になろうってお人に、その言い方ぁずいぶんと冷てえんじゃないのかい」

「それも何のお話でしょうか。お父《と》っつぁんもあたしも、そんな申し入れに頷いたことは一度もないはずですけど」

　話が進まないことに苛《いら》ついた大前屋は、わずかに声を荒らげた。

「お前さんじゃ埒《らち》が明かねえ。いいから親父《おやじ》さんを出しな」

「お父っつぁんは今、用事で出ておりますから。急に訪ねていらっしゃって顔を出せと言われても、うちは大前屋さんを待つのが仕事じゃありませんので」

　どこまでも頑《かたく》ななお咲に、ついに大前屋が吼《ほ》える。

「この女《あま》ぁ、誤魔化してんじゃねえぜ。舐《な》めやがると承知しねえぞ！」

「おいおい、お咲さん。いい加減にしねえと、いくら大前屋の旦那が温厚だっていっても、いつまでも大人しくしちゃあくれませんぜ」

　後ろの男も大前屋の尻馬《しりうま》に乗って好き勝手を言ってきた。

「何言われたって、いない者はいないとしか言えませんから」

「そこまで強情張るってえなら、もうお前にゃあ訊かねえ。こっちで引っ張り出してやらぁ――おい、お咲。これでおいらが手前《てめえ》の親父の首根っ子ひっ摑めえてお前の目の前に引き据えてやったら、いってえどう詫《わ》びてくれる。あぁ？」

「じゃあ、あっしも親父さん捜すのを手伝いましょうかね。さあ、そこに立ってられたんじゃあ奥へ行けねえ。どいた、どいた」

連れの男は、お咲を押しのけて見世の奥へ通ろうとした。

「そなたら、ちょっと待て」

冷たい声が放たれて、激高していた大前屋も、調子に乗って大胆な振る舞いに及びかけたその連れも、動きを止める。お咲を含めて三人の視線が向かった先にいたのは、制止の声を上げた裄沢だった。

裄沢は、静かな声でさらに続ける。

「先ほどから聞いておれば、ずいぶんと剣呑《けんのん》なことを申しておるな」

「何だ、手前は」

怒りが籠もったままの視線を裄沢へ向けた大前屋が、低い声で問うてきた。連れの男は、それまでのお調子者ぶった表情を改めて鋭い目を向けてくる。

裄沢は、わずかも怖れる様子なく返した。

「誰だと問われるようなことかな？　そなたらより先にここで品物を見ていた客だ。そなたらも、入ってくるときこちらを見ていたであろう」

「その先客が、俺らに何の用でぇ。買う物選んでんなら、黙ってそのまま品物を見てろい」

「その邪魔をしたのがそなたらであろう。後からやってきて好き勝手を並べ、終《しま》いには脅《おど》かして勝手に上がり込もうなどとされては、こちらの応対をしていた娘が相手を続けてくれるわけにはいかなくなろう」

浪人姿の裄沢が退《ひ》き下がる様子を見せないと知って、大前屋は連れの男に視線を合わせる。

目顔でやり取りして承知した連れの男が、顔に笑みを貼り付かせて裄沢のほうへ寄ってきた。

「済みませんねえ、ご浪人さん。こっちゃあ、ちょいと取り込み中でして。大事《でえじ》な話ぃしてるもんですから、大人しく品物でも見ててもらえるとありがてえんですが」

「大事な話で取り込み中だと思っているのは、そなたらだけではないのか。先ほどから聞いておったが、そなたら、この見世から相手にされてもいまい」

大前屋が、「何を」という顔で睨《にら》みつけてくる。裄沢は平然と続けた。

「そなたらは、見世の者が止めようとしておるのに、強引に奥まで入り込もうとしておった。そなたらに、そうするだけの真っ当な理由はあるのか。なければ、そなたらのやろうとしていることは押し込みぞ」

裄沢から「押し込み」という言葉が出てきて、大前屋も連れもわずかに動きを止めた。

気を取り直した連れのほうが、「そんな大袈裟《おおげさ》な」と小さく嗤《わら》う。大前屋は表情を殺し裄沢を観察するような目になっている。

「そなたらのやっていることに、お上が認めるような正当な理由があるなれば、まずはそれを明らかにしてから力尽《ちからず》くの行為に出ることだ。その必要な段取りを怠《おこた》っているから、押し込みだなどという疑いが生ずる。

さあ、そこな娘も得心するような話をまずはしてみせよ。それができぬならば、詫びを入れて立ち去るがよい」

お咲に対して話をしろと言ってはいるが、口を挟んできた浪人者がこの場に居残っている以上、「正当な理由」かどうかはこの浪人者が判断することになる。

それは大前屋も連れも口に出されずとも理解している。

　裄沢は、さらに言葉を足した。

「それとも、ところの御用聞きでも呼んでくるか。そなたらの話が理屈に合っておらぬとなれば、あやうく押し込みをしそうなところを止めたことも話さねばならなくなるが」

　浪人は武家ではなく、庶民の扱いとなっている。それでも帯刀が黙認されるのは「仕官を求めている最中だ」という建前《たてまえ》があるからだ。いわば、「武家予備軍」だから「正規の武家」となったときの格好が看過《かんか》されているというだけなのだ。

　すなわち浪人は、庶民が煙たがるのと全く同じ理由で悶っ引きを忌避《きひ》する傾向がある。刀という物騒な代物《しろもの》を腰に下げている分、強引にものごとを推し進めるような輩《やから》も多く、そうではなくともそういう目で見られてしまうという自覚があるため、一般の庶民以上に町方や悶っ引きを避ける傾向が強いとさえ言える。

　にもかかわらず、この浪人者は堂々と「悶っ引きを呼んだらよい」と口にしてきた。浪人にしては、身形もきちんとしている。

　──どこぞの商人かお旗本にでも雇われてる、帳付《ちょうつ》け（経理担当者）あたりか。

大前屋はそう値踏みした。

用心棒だと思わなかったのは、見た感じ全く強そうには見えなかったからである。よほどの腕利きだというなら話は別だが、用心棒は見た目も大事。強そうな用心棒がいると知れば、それだけで泥棒も、強請《ゆす》り集《たか》りの類もあまり寄ってはこなくなる。

雇う方もそれを知っているから、同じぐらいの実力だと思える候補者が二人いたら、ぱっと見強そうなほうが選ばれる。まあ、ご婦人相手の商売だと、客散らしになりかねないので話はまた別だが。

そこで目の前の浪人者。こちらを怖れる様子もなく、自分から岡っ引きを間に立てることを提案してきた。

——こいつぁ、どこかの大物に雇われてるか、下手《へた》すりゃあ格好が浪人に見えるだけで良家《いいとこ》の血縁か何かかもしれねえ。

となれば、心配無用の相手であると素性《すじょう》が明らかになるか、抑えておけるような手立てがつくまでは、下手にことを荒立てないほうがいい。

そう判断して、大前屋はここはいったん引くことにした。

「連三《れんぞう》、帰《けえ》るぜ」

連れに告げた大前屋は、裄沢を無視してお咲へと顔を向ける。

「おう、お咲。今日のところらぁいったん引き下がるけども、このままじゃあ終わらねえぜ。親父とよぉく話ぃして、覚悟を決めて待っとくこった」

言いたいことだけ並べて、そのまま見世を後にする。

連れの連三と呼ばれた男は、お咲と裄沢の顔を見比べるようにしてから、こちらは無言で大前屋に続いた。


二人が出ていくのを裄沢とともに黙って見送ったお咲は、ほっと溜息をついてから残った唯一の客に向き直った。

「済みませんねえ、お客さん。変なことに巻き込んじまいまして。それから、あいつら止めてくださって、本当にありがとうございました。たいへん助かりました」

「俺が余計な口出しをしたばかりに、次にあの者らが来たとき、ますます手荒《てあら》なまねをしてくるようなことにならねばよいのだが」

思わず口出ししてしまったが、今さらながらに先々のことが気になってきた。

「どうせ、何をしようがしまいが言いたいように言ってくるだけですから、お気になさらず。ただ今生じた困ったところをお助けいただいただけで、十分です」

案じられたお咲のほうが絎沢より却《かえ》ってサバサバしている。

「大前屋と言ったか。屋号からすると商人のようだが、何の商《あきな》いをしているのだ」

「口入屋ってことになってますけど、お金の匂いが少しでもしてるとこには必ず首を突っ込んでくるような何でも屋ですよ。

まあ、実際に貧乏旗本のとことかに渡り中間《ちゆうげん》なんかを送り込んでるようですから、口入屋っていう表看板《おもてかんばん》も嘘《うそ》じゃあないんでしょうけど」

中間は武家と庶民の境目のような身分で、屋敷の雑用や、主の外出時の草履取《ぞうりと》りといった端役《はやく》として供をするのが仕事になる。本来は常雇《じようやと》いの奉公人とすべきなのだが、財政の窮乏化《きゆうぼうか》が著《いちじる》しいこの時代の武家は、経費節減のため臨時に雇うことが多かった。そのほうが一人当たりで掛かる費用も安いし、繁忙期《はんぼうき》を見越して多めに雇っておかずに必要な時期だけ増やすようなことも容易だからだ。

そのように様々なお屋敷に短期で雇われることを繰り返しながら生計を立てているのが、渡り中間と呼ばれる奉公人である。

短期の雇用だからお家に対する忠誠心などはなく、雇われるたびにいつも様々なお屋敷へ単身で乗り込んでいくことになるから、気が弱い者には勤まらない。雇うほうも短い間便利使いできればいいくらいのつもりなので、きちんとした人物がやってくるなどとは期待しない。

まともに仕事もせずに中間部屋と呼ばれる自分たち用の部屋で博打を打っていても、屋敷の主も他の奉公人も気にしないような連中ばかりが請ける仕事になっていたのである。

当然、中間を求める武家にこうした連中を斡旋《あっせん》する仲介業者の口入屋も、荒っぽい者どもに大人しく言うことを聞かせるような貫禄《かんろく》や腕《うで》っ節《ぷし》が必要になった。

大前屋は、そういった商いを取り仕切っている一人だということになる。

「それより、あんな者が割り込んできてお客さんの気分を台無しにしちゃいましたね。もしこんな見世の品でよければ、どうぞお好きな物を一つお持ちになってくださいな」

裄沢は話の続きを待ったが、お咲が口にしたのはそんな謝罪の言葉だった。

大前屋との関わり合いについて何か話が聞けるかと期待していたのだが、そう簡単にはいかないようだ。連れの連三とかいう男の言いようだと、大前屋のほうは一方的に歳の離れたお咲を娶《めと》ろうと画策している様子もあるとなれば、まあ会ったばかりの素見の客へ容易に打ち明けてくれるはずもない。

裄沢は、お咲から受けた提案に返答した。

「さっきから言ってるとおりただの素見だしな。とはいえせっかくの申し出だ。忍び会う相手ができるまで棚上《たなあ》げということにしておいてもらおうか」

裄沢の返答を聞いて、強張《こわば》っていたお咲の顔にわずかな笑みが浮かぶ。

「あまりときを置かないでくれると嬉《うれ》しいんですが」

「うん。期待しないで待っていてくれ」

裄沢の言いように、お咲が吹き出した。

「では、また来よう」

「素見でなく来てくださるのを待ってますので」

「客商売だ。あまり客が来づらくなるようなことは言わぬようにの」

最後にもう一つ軽口を叩いて、裄沢は千鳥屋というらしいその小間物屋を後にした。

――さて、どうするか。

裄沢は、己が出た通りの左右を見渡す。すでに大前屋と連三の二人連れの姿は見えなくなっていた。

——「そのときまで、まだ見世《こ こ》が残ってればいいんですけど」

裄沢に聞かせるつもりもなく小さく呟いたであろうお咲の声が、耳に残っていた。

六

目についたところでいくらか早めの昼を済ませ、さらに二刻（約四時間）ほど下谷や外神田《そとかんだ》周辺を歩き回った裄沢は、近くの番屋を見つけて一つものを尋ね、答えを得て道を南へと採った。神田川も神田堀も渡って、さらに南へと下る。

日本橋川のほうを目指しつつ東へ寄っていって、江戸橋《えどばし》の袂《たもと》で立ち止まった。北のほうを向いて、そのまま人待ち顔でしばらく佇んでいた。

すると裄沢の視線の先に、足早にやってくる町方装束の男が見えてきた。

「西田さん」

西田は日本橋川の北側から吉原までを持ち場とする定町廻りである。市中巡回の帰りのはずなのにたった一人なのは、どうやら今日は御用聞きをお供にしていたのを、御番所の近くまで来たとして帰してしまったからのようだった。

　裄沢が番屋に寄って尋ねたことは、西田が本日は市中巡回でどのような順路を辿るかだった。緊急事態の報《しら》せが番屋に入ったとき、市中巡回中の廻り方を呼ぶためにその日のおおよその順路はあらかじめ周知されているのだ。

　江戸のはずれの鄙《ひな》びた町には廻り方が毎日回ってくるとは限らないが、西田が受け持っているような町人地が密集している地域も、一日で全てを回りきることは難しい。そこで日によって回る場所も違ってくるため、裄沢は番屋で今日の西田の予定を確かめたのである。

　裄沢の呼び掛けにわずかに怪訝《けげん》な顔になった西田だが、相手が知己《ちき》の者だと認めて表情を緩《ゆる》めた。

「裄沢さんか。普段着姿はあんまり見慣れねえから、誰かと思ったぜ」

「これでも、浪人者の変装のつもりなんですが」

　裄沢は、軽口混じりで苦笑を見せる。

「そういや、髷が違うか。けどお前さんを知ってる者が見たら、おいらに限らずただ非番で町に出てるようにしか見えねえと思うぜ」

「隠密廻りへの途《みち》はまだまだ険《けわ》し、といったところですか」

「なぁに、鳴海さんだって石垣さんだって、きちんと変装するときゃあ事前に入念な支度をしてるはずさ。昨日急に市中を彷徨いてみろって言われてすぐに始めたばっかりとなりゃあ、普段とあんまり変わらねえ格好になんのも仕方《しゃあ》ねえやな。

それに、誰の目を誤魔化すってワケでもねえんだから、今のその格好で十分だろ」

昨日裄沢が鳴海から受けたばかりの指図を西田が知っているのは、当人も昨夜の飲み会に参加していたからである。ちなみにそこに鳴海の姿はなかったが、参加を回避したというより廻り方の集まりに顔を出さなかったため飲み会自体を知らなかったのだと思われる。

「ところで、こんなとこでおいらを待ってたってえのは、何か用事があったのかい」

連れ立って江戸橋を渡った辺りで、西田は表情から笑みを消して問うてきた。

「そんな大したことじゃないんですが――たぶん池之端かその近辺で見世を構えているんだと思うのですけど、渡り中間相手の口入屋をやってる大前屋という男をご存知だったら、どういう者か教えてもらいたくて待っていたんですが」

大前屋、と呟いた西田はしばらく沈黙した後、首を振った。

「いや、憶えがねえな――その大前屋ってえ野郎が、何か悪さしてるってかい」

池之端も、西側の境ギリギリながら西田の受け持ち区域の中に入っている。もし悪事を働こうとしているのなら、知らずに済ますわけにはいかない。

「いえ、そんなはっきりした話じゃないんで。ただ、あの辺りをブラついているときに、ちょっと気になったことがあったもんですから。西田さんがご存知なら訊いておこうかと思っただけですので」

「ふーん。気になんなら、あの辺りに縄張り持ってる御用聞きに当たらせようか？」

「いえ、まだそこまでは――というか、今のところは御用聞きには触らせないでもらえるとありがたいです」

「？　――そいつは、なんで」

「その大前屋というのが、裏で御用聞きとも連《つる》んでるということも、ないとは言い切れませんので」

「……下手に御用聞き使おうとすると、その筋からこっちの動きが漏《も》れるかもしれねえってか」

「そうでないとは言い切れないから、万一を考えて避けておくってだけですけどね」

とはいえ、裄沢が初めてお咲を見掛けたとき、若い男と二人連れだったあの娘は御用聞きらしき男に尾けられていた。その男は、お咲と別れた若い男のほうについていったので、今のところその正体は不明なのであるが。

ともかく、用心に越したことがないのは確かだろう。

「ご大層なこっちゃねえって言われても、なにしろお前さんのことだからなぁ」

これまでいろいろと御用に関わる難題を解き明かしてきた実績からすれば、気にするなと言われても西田は素直に聞けないものを覚えてしまう。

「いえ。こたびはホントに、町を彷徨いてた中でちょっと気に掛かったことがあったただけですから。もし町方が関わるとしても、おそらくは内済《ないさい》（示談《じだん》）に立ち会うぐらいの話になるだけだろうと思えますので」

裄沢は、こたび自分から首を突っ込んだ一件について、ざっとしたあらましだけを西田に語った。

「ふーん。じゃあおいらのほうも、御用聞きに触らせねえでその大前屋って野郎のことが何か知れるか当たってみらぁ」

「余計なお手間を取らせて済みません。さっきから言ってるように大したことではありませんので、勤めが忙しいようでしたら忘れてもらっていっこうに構いません」

「お前さんが自分から関わったとなると、なかなかそいつを鵜呑《うの》みにできねえんだよなぁ」

西田は何やら嘆息しているが、気づけばもうお濠《ほり》の向こうに北町奉行所が見えるところまで来ていた。


翌日の裄沢は、お咲や千鳥屋のことを気にしつつも全く別なところへ足を向けていた。

自分に張り込むだけの技量がない以上、それなりに人通りがあるだけでなく、人目を憚り周囲を気にしている出合い茶屋《つうこうにん》の客が多数いると思われる場所で、長い間足を止めていたなら目立たないはずがない。

にもかかわらず、できもしないことにあえて手を出したりすれば、お咲や見世のことを秘かに案じている自分の配慮は全く無駄になりかねないのだ。

こうなってみて、新任の廻り方である自分に足らぬものがはっきりしてきた。

――意のままに動いてくれる手先か。

この一件で三吉を使おうという考えは持っていない。

三吉には香具師《やし》の元締《もとじめ》の配下という今の生業《なりわい》がある。裄沢に過分の恩義を感じ、来合の代役として臨時の定町廻りを勤めたときには、どこから聞きつけたか自分から手先の役目を買って出てくれた。

その後も何度か助けられたが、今裄沢が関心を向けている先は三吉が現在根城《ねじろ》とする芝《しば》界隈から遠く離れている上、裄沢が気紛れな思い付きで勝手に動いているだけで、西田へも言ったように御番所が本気でかかずらわるようなことでもなさそうに感じている。こんなことにまで三吉を引っ張り出すのが、正しい振る舞いとは思えなかったのである。

――では、どうやって己の指図で動いてくれる者を見つけ出すか。

本来であれば、隠密廻りは定町廻りなどをある程度勤めてから任ぜられるお役だった。前のお役である定町廻りを勤めている期間中に、受け持ちの中にいる御用聞きなどから見繕《みつくろ》い、次のお役である隠密廻りになってからも手足となって動いてもらうべきなのだ。

ところが、裄沢はそんな余裕もないまま急に隠密廻りを拝命することになった。

——やはり、石垣さんに相談してみるか。

石垣は、裄沢が隠密廻りに任じられると同時に、隠密廻りから臨時廻りへ転任となった同心である。

隠密廻りは江戸の市中全域、さらにお奉行からの命があれば他国にまで探索の足を延ばすようなお役である。特段の受け持ちとする地域はないものの、主に組となる定町廻りがいることからその周辺に手先を多く配すべき臨時廻りとは、手《て》懐《なず》けておくべき者の分散のさせ方が違うのだ。

御用聞きやその他の手先にしても、滅私奉公《ただばたらき》でこちらの思うがままに動いてくれるわけではない。普段からそれなりの小遣いを渡してやる必要はあり、一人分はさほどの額ではないにせよ、総額となれば町方同心風情《ふぜい》が負担できる額を大きく超える金高《もの》になる。

なお、廻り方はそれを、商家や寺社、大名家や旗本家などと誼《よしみ》を通じ、金銭的な援助をしてもらうことで補《おぎな》っている。「出入り」と称されるこうした町方役人は、出入り先に何か困りごとがあった際に相談に乗り、場合によっては紛争解決の仲立ちや、無法を仕掛ける者の排除などで役に立つことを期待される。

いずれにせよ、石垣が臨時廻りになったことで使わなくなるであろう手先を、裄沢は紹介してもらえるようになったはずなのだが、今のところ自分からその相談を石垣に持ち掛けてはいない。

石垣のほうから言ってきたなら検討すればよいかという考えもあったのだが、自分から進んで動かなかった理由はそればかりではなかった。

手先として使い物になる人物とは、当然後ろ暗い者らについて熟知しており、そういった者らの動向を何らかの伝手《つて》で知ることができる立場になければならない。するとその多くは、かつて悪事を働いていたり、いまだにそういう世界に片足を突っ込んでいたりする者になる。

三吉の場合は、奉行所の小者として多くの経験を積んできており、そういった面から悪人の有りようにも探索のやり方にも十分精通していたという、いわば例外的な存在であった。

だから裄沢としても探索を依頼するのに抵抗を感じることがなくて済んでいたのだが、かつて罪を犯し、あるいはいまだ罪を犯し続けている者を自分が指図して使うということに、いくばくかの躊躇いがあったというのが、自分でも青臭いと思いながら否定できずにいる本音《ほんね》なのである。

そんなだから、自分には他の廻り方が使っているような手先を上手《うま》く使いこなす自信がない——当然のことであった。

——それでも、今度のお役をきちんと勤めていくためには、いつまでもそのままにしておくわけにはいかないな。

そう、己に言い聞かせて溜息をついた。

七

また次の日。朝のうちに自分の組屋敷へ西田のところから使いをもらった裄沢は、指定された浅草寺の水茶屋で西田と落ち合った。

裄沢が先に着いて腰掛けて待っていると、西田が二人の男を連れてやってきた。

今日のお供は御番所の小者らしく裄沢も顔を知っている者だったが、もう一人は全く見知らぬ人物である。そちらの男は大きな荷を背負っており、どうやら出《で》商い《あきない》（行商）の商人のようだった。

「おう、待たせたかい」

西田が気さくに声を掛けてくる。後ろについてくる二人も、裄沢へ小さく頭を下げてきた。

「いえ、こちらこそお気遣いいただきまして。お忙しいところお手間を取らせて申し訳ありません」

「なぁに、普段から世話んなってる裄沢さんのためとなりゃあな」

西田はそこでいったん言葉を句切って、寄ってきた小女に人数分の茶を注文する。そうして裄沢の隣に腰を下ろすと、話の続きを口にした。

「でだ。本日わざわざお前さんを呼び出して来てもらったのは、一昨日《おととい》お前さんから頼まれた件で、一人紹介してえ野郎がいたもんでな」

自分の連れてきた男へ西田が視線を向けたので、裄沢も同じほうへ目をやる。

「こいつぁ、小間物を売って歩いてる千治郎《せんじろう》って男だ」

西田から千治郎と紹介された出商いは、改めて裄沢に頭を下げてきた。なお、小間物屋には千鳥屋のように見世を構えている者の他、出商いで売り歩く者、道端で広げた筵《むしろ》に商品を並べて売る者など、様々な様態《ようたい》があった。

「小間物屋……」

裄沢は、千治郎の顔を見て呟く。見世持ちか出商いかの違いはあれど、同業ならば知っていることもあるということだろうか。

「この男はおいらのためにいろいろ噂を集めたりしてくれてるが、それだけじゃねえ――おいらもお前さんから頼まれたこたびのことで初めて知ったんだけど、なんとこいつは千鳥屋への品物の卸《おろし》もしてるって話でな」

「千鳥屋への卸を？」

裄沢も驚いて千治郎を改めて見やる。

「へい、千鳥屋さんに品物を卸させていただいておりやす」

千治郎は、落ち着いた声で西田の話を肯定してきた。

「そなたは、問屋《とんや》のまねごとにも手を出しているということか」

「とんでもねえ。しがねえ出商いが、そんなとこまで手はつけられませんや――ただ、千鳥屋さんとこは変わった品揃えをしておりやすんで。いろいろと雑多な物を五つとか十《とお》とか僅《わず》かずつ仕入れて、あそこの主人がそれに手を入れて店に並べてるんでさぁ。そうなると、何軒もの問屋に声を掛けて集めるより、あっしのような者からざっくり仕入れたほうが手っ取り早いってことで」

確かに千鳥屋で手に取ってみた巾着や櫛などは、品自体はさほど上質とは言えない物だった。

出商いの小間物屋から仕入れられる程度の物で十分だという考えなのだろう。あの見世の「売り」は、他人《ひと》には知られたくない二人が秘かに持つための普段使いのお揃い、というところにあるのだから。

他人に知られないようにするという意味では、あまり多くの者が全く同じ品を所有しているという状況は、マズいのかもしれない。それならば、数は少なく、種類は多くという仕入れ方にも得心がいく。

「あそこの見世の主、源兵衛《げんべえ》さんって言うんですけどね、これが器用な男で。彫りつけでも縫い取りでも、細かな細工をササッとやっちまうんでさぁ」

自分にもそんな技術があればと、羨《うらや》んでいるような口ぶりに聞こえた。

「すると姿は見えなかったが、見世の奥で仕事をしておったのか」

「ええ。見世番はもっぱら娘のお咲ちゃんに任せて、そのお咲ちゃんが用事で出てるとき以外は、奥であっしなんぞから仕入れた品に手を加えてるようですね」

「……源兵衛の女房は」

「もうだいぶ前に亡くなったって聞いてますよ。今はお咲ちゃんと二人暮らしだそうで」

そんなやり取りをしていると、横合いから西田が口を挟んできた。

「裄沢さん。じゃあ、おいらはもういいかい。済まねえが、まだ見回りの途中なんでな」

ハッと気づいた裄沢が西田に向き直って詫びを言う。

「西田さん、気がつかぬことで申し訳ありませんでした。こんな短日で、事情を知っている者をよく紹介してくださいました。お礼を申し上げます」

「なぁに、裄沢さんにゃあずいぶんと返してねえ恩があるからなぁ。じゃあ、また何かあったら遠慮しねえで言ってきてくんねえ」

西田は千治郎にも「じゃあ、よろしくな。頼んだぜ」と声を掛けて市中巡回に戻っていった。

裄沢は、その後ろ姿に頭を下げて見送った。隣で同じようにしながら横目で裄沢の様子も見ていた千治郎が、「あの」と声を掛けてくる。

「旦那も町方のお役人で？」

「西田さんは何と？」

「さっき旦那におっしゃってたように、だいぶ世話になってるお人だと」

「なら、そう思っておいてもらえばいい」

裄沢自身は西田にそう大したことをしたとは思っていないが、千治郎に話すべきことでもない。また、西田が裄沢の正体を明かしていないことにも何か理由があるかもしれないので、身分を明かすことはしなかった。

千治郎も、自分を使う定町廻りがだいぶ気を遣《つか》っているらしい相手に、しつこく問うことは控えたようだ。

「千鳥屋に品物を卸しているとのことだが、見世の者とは親しいのか」

「へえ、どうでやしょうか。付き合いもだいぶ長くなりやしたので、それなりにってとこじゃねえかと思いやすが」

裄沢の得体《えたい》が知れないためか、慎重な答え方をしてきた。

「口入屋を営《いとな》む大前屋という男が、そこの娘に迫っているようであったが」

千治郎は「大前屋さんねえ」と何か思う顔で呟く。

「何か知っていることはあるか」

問われて一拍空けたが、そのまま素直に答えてきた。

「お咲ちゃんに惚《ほ》れて言い寄ってるようだってえのは、聞いたことがございやす」

「相手にされておらぬように見えたが」

裄沢の感想に苦笑を浮かべる。

「だいぶ歳も離れてやすしね」

「それでも諦めずにしつこく迫っていると」

「大前屋さんは口入屋っつっても、渡り中間とかの気の荒え野郎《あれ》どもを扱ってお りやすから、人を力尽くで従わせることに慣れておいでですからねえ。お咲ちゃんのことも、その伝《でん》でなんとかなると思ってるのかもしれやせんねえ」

「お咲が大前屋につれない様子なのは、単にあの男を嫌っているからなのか」

「と、おっしゃいやすと？」

「そなたも、あの二人は歳が離れていると言ったであろう。なれば、もっと歳の近い好いた男でもいるのかと思ってな」

「そいつぁ……ああ、何て名だったか、どこぞの庖丁人《ほうちようにん》（料理人）の見習いが幼馴染みだとかって聞いたことはありやすけど、どこまで親しいのかまでは、あっしにゃあちょいと」

「庖丁人の見習いか」

もしかすると、お咲とともに出合い茶屋の裏から出てきた若い男がそうかもしれない。

そこからの連想で、別なことを問う。

「大前屋には、親しくしている御用聞きなどはいるのか」

「お手先ですか……あんまり確かなとこは存じませんけど、親しくしてるとすりゃあおそらく、辰二《たつじ》って男のこっちゃねえですかねえ」

「辰二……その者は、御用聞きではないのか」

「当人はいっぱしの御用聞きのつもりでしょうけど、偶《たま》ぁに南町の東海林《しょうじ》様がお使いになることがあるぐれえで。そいで気に入ってもらって、ゆくゆくは手札を頂戴《ちょうだい》して、とか皮算用《かわざんよう》してるんでしょうけど。

　あっしなんぞからすると、東海林様に適当にあしらわれてるようにしか見えませんで」

「東海林さんというのは、南町《みなみ》の定町廻りであったか」

「ええ。先ほどの西田様と、持ち場がほぼ被《かぶ》ってるお方でやす」

「その程度の使われ方だとすると、町の者からの合力《ごうりき》などはあまり得られてはいまいな」

「やくざが自分の縄張り内にある商家から、用心棒代をせびり取ってるのとおんなしようなことはしてやすけど。まあ、そういった点からは、大前屋さんがほとんどたった一人の御贔屓筋《ごひいきすじ》ってとこなんでしょうけどね」

すると、お咲と一緒にいた若い男を尾けていったのは、その辰二で間違いなかろう。

それからいくつかの質問をして、裄沢は千治郎を解放した。

別れるときに、小遣いと称して礼金を渡したが、額は加減した。普段、西田がどの程度の金を渡しているか判断がつかず、余分な額《もの》を渡して西田の迷惑になってはと思ったからである。

裄沢はその足で己の勤め先である北町奉行所へ足を運んだ。表門脇の同心詰所にも奉行所本体の建物にも向かわず、本体の建物沿いに右手のほうからぐるりと回る。

年番部屋《ねんばんべや》の角を曲がった先の空き地では、数人の小者が捕り物の稽古をしていた。

稽古をしている者はほとんどが若手で、皆が真剣な顔で励《はげ》んでいる。その若手を指導しているのは仁助《にすけ》という男で、前の小者の頭格《かしらかく》だった善三《ぜんぞう》の跡を引き継いだ者だった。

「裄沢様」

仁助は、裄沢の姿に気づいて指導の手を止めた。

「稽古中のところを悪いな。少し話せるか」

頷いた仁助は、指導していた小者らにしばしの休息を取るよう告げて、裄沢と二人その場から離れた。

「で、どのような御用にございやしょうか」

話が聞こえない程度に若手らから距離を置いたところで、仁助がわずかに小腰を屈《かが》めるようにして問い掛けてきた。

「しばらくの間、一人貸してもらえぬかと思うてな」

仁助は、裄沢の要望を予期していたように即座に答える。

「与十次《よそじ》でしたら、以前のようにお付けできやすが」

与十次は、怪我をした来合の代わりに期間限定で裄沢が定町廻りに就いていたとき、よく供を勧めてくれた小者だった。若手で経験は浅いが、生真面目《きまじめ》な男で一生懸命働こうとする姿に好印象を持っていた。

しかし、裄沢が「いや」と首を振ったのを見て、仁助は意外そうな顔になる。

「与十次が悪いというわけではない。ただこたびは、一見筋者《すじもの》のようだが仕事を真面目にこなす、といった者を選んでほしいのだ」

「……いっぱしの悪党に見えるような者を、ということにございますか」

「あまり風紀のよくない盛り場を彷徨いていても目立ったりせぬ者を、ということなのだが」

わずかに考えるふうだった仁助は、「少々お待ちを」といってその場から離れた。ほどなく、一人の男を連れて戻ってくる。

歳は裄沢よりいくらか下か、角張った顔でギョロリとした目つきの浅黒い男だった。

男は、裄沢の前まで至って頭を下げる。仁助が紹介してきた。

「こいつは、貫太《かんた》と申しやす。餓鬼《がき》のころから地元の三下《さんした》やくざに一目《いちもく》置かれるほど腕《うで》っ節《ぶし》が強かったようですが、そっちのほうの生業には少しも気が向かなくて御番所の小者になったってえ、ちょいと風変わりな野郎で」

「生業としては気が向かぬということだが、そういう連中とも付き合いはできるか」

「へい、御番所の仕事でその必要があるんでしたら」

裄沢へは意外なほど畏《かしこ》まった態度を示す貫太に、仁助が言い添えた。

「目端《めはし》が利いて如才《じょさい》のねえ振る舞いもできる上、己の下についた者がどんな野郎でも、分け隔てなく面倒をしっかり見るような気っ風のよさも持ち合わせております」

「数日、俺の指図で動いてもらうことになると思うが構わぬか」

「へい。どうなりともお使いくだ さい」

胆力《たんりょく》はあるようで、ほぼ初対面の裄沢に対してサラリと応《こた》えてきた。


裄沢はそのまま貫太を伴い、再び神田川を越えて北へ向かった。

貫太とともに、つい先ほど千治郎から聞き出した大前屋と御用聞きもどきの辰二の住まいを回る。幸いにして大前屋と辰二の二人ともに家を出入りするところを物陰から覗《のぞ》き見ることができたし、大前屋のところでは連三も居合わせたので、貫太に全員の顔をしっかりと憶えてもらった。

さらに千鳥屋も見世の外から眺めさせ、これからの仕事で必要になりそうな金を渡して貫太と別れた。

後は、特段の目的もないまま「市中の彷徨き回り」を一人で行い、その日の仕事を終えた。

八

それから数日後。お咲が見世番をする千鳥屋に、また大前屋が乗り込んできた。

後ろには、やはり連三というあの取り巻きが引っ付いていて、さらにもう一人男が姿を現す。もし裄沢が立ち会っていれば、この三人目はお咲と若い男を尾けていた御用聞きもどきだと気づいたはずだ。

「おうっ、邪魔するぜぃ」

「いらっしゃや――また、大前屋さんですか」

客を迎える言葉を途切《とぎ》らせて溜息をつくお咲を、大前屋が睨みつける。

「手前《てめえ》、いつもいつも何てぇもの言いしやがる。それが、亭主になる男に対する言い草か」

「大前屋さんに嫁《とつ》ぐなんて、あたしは一度だって言ったことはありませんけど」

「お前が何と言おうが、親父の源兵衛が認めりゃあ、そいでことは済むんだ――おう、源兵衛出しねえ」

「何度いらっしゃっても、留守にしてる以上は会えませんよ」

木で鼻を括《くく》ったようなお咲の返答に、大前屋は怒声を発した。

「おう、いつまでもそんな言い訳聞いてもらえるなんぞと高ぁ括っててんじゃねえぞ！　親父が居留守《いるす》使っててんなぁとっくにバレてんだ。

おい、こらっ、源兵衛。出てきやがれっ！　さもねえと、手前の見世ぇ叩《たた》っ壊《こわ》すぞ。それとも娘ぇ嬲《なぶ》り者《もの》にしてやろうか。ええ、源兵衛、どっちがいい？」

大前屋は「やめて」と抗《あらが》うお咲の手首の辺りを片手で摑んで奥へと怒鳴《どな》った。

当人の言うようにとうとう堪忍袋《かんにんぶくろ》の緒《お》が切れたのか、あるいは今日は見世の中に他人の目がないためにいつもよりずっと大胆になっているのか、大前屋は好き放題に暴れるつもりのようだ。

すると、それまで静まり返っていた見世の奥から、慌てふためいて何かを落としたような物音が聞こえてきた。早足になった跫音《あしおと》に続いて姿を現したのは、大人しげな瘦《や》せた四十男だった。

「大前屋さん、乱暴はよしておくんなさい」

「ケッ、こうでもしなきゃ面《つら》も出さねえんじゃや、仕方がねえだろうがよ——で、源兵衛。おいらが再三、馬鹿っ丁寧《ていねい》に申し入れてるにもかかわらず、これまでずっと梨《なし》の礫《つぶて》できたことに、どう落とし前つけてくれる。

まさか、これまでずっと返事もしねえで待たしといて、今さら断るなんて言えやしねえよなぁ？　――源兵衛っ、返事はどうした！」

頭から怒鳴りつけられた上、下手《へた》な返事をすれば捕らわれている娘がどうなるか判らないような相手の逆上ぶりに、源兵衛はまともに返答もできない。

すると大前屋の取り巻きの連三が、顔に薄ら笑いを浮かべながら、見下した様子で言い掛けてきた。

「大前屋さん。そんなに脅かしちゃあ、源兵衛さんが可哀想《かわいそう》ですよ。ホラ、怯《おび》えて声も出なくなっちまってる。

だから、お咲さんを嫁に欲しいって大前屋さんの願いへきちんと承知できずにいるんですよね。ねえ、そうでしょう、源兵衛さん？」

「おう、それならそれでいいや。別に言葉で『承知した』と言わなくったって、たぁだ頷いてくれりゃあいいんだぜ。なあ、源兵衛よ」

何言ってるのと、改めて抵抗しようとするお咲を、大前屋は「静かにしてろぃっ」と一喝《いっかつ》して腕を摑んだ手に力を籠めた。

「御免よ」

そんな修羅場《しゅらば》に、見世の表からノンビリした声が掛かって男が一人姿を現した。浪人姿の、裄沢であった。

「ご浪人さんっ」

お咲が叫んだのは、救《たす》けを求めるためか、こんなことに関わったりせずに逃げてと警告するためか。

裄沢はお咲をちらりと見たが態度を変えることはなく、見世の中を見回して口を開いた。

「表まで大きな声が響いておったが、ずいぶんと物騒なことになっておるようだな」

「誰でえ、手前は――って、この間《こねえだ》の！」

どうやら、前回ここで邪魔立てされた裄沢の顔を憶えていたようだ。

裄沢は、溜息をついてみせる。

「またお前さんか。そこの娘さんに嫌われてることぐらい、いい加減きちんとわきまえたらどうだ。あまりに迷惑の掛け方が酷《ひど》いと、お上のほうでも放っておいてはくれなくなるぞ」

裄沢の忠告を、大前屋はお咲を摑まえたままませせら嗤った。

「ケッ、ただの痩せ浪人が、何ホザいてやがる。お上がどうしたって？　ちょうどいいや。お上がどっちの味方か、お前さんにも教えてやろうか——おいっ」

すると、これまでずっと後ろに引っ込んだままで、大前屋や連三がどれだけ悪態をつこうが手荒なまねをしようがただ黙って見ていた三人目の男が、前へと出てきた。

大前屋が、得意げに裄沢へ言い放つ。

「こちらはなぁ、この辺りを取り仕切ってらっしゃる、辰二さんてえ親分さんだ——おう、親分。このお咲ってえ女《アマ》が、どんなスベタか皆さんにご披露《ひろう》しちゃくれねえか。そしたら、そこの痩せ浪人も娘の親父も、呆《あき》れ返《けえ》って庇《かば》ってやる気もなくすだろうからよ」

へえ、と応じた辰二は、口元に下卑《げび》た嗤いを浮かべながら語り出した。

「そのお咲ってえ女は、昼間っから見世番もしねえで若え男と乳繰《ちちく》り合《あ》ってるような阿婆擦《あばず》れで」

「なっ⁉　違うっ」

驚いたお咲が叫ぶのを、大前屋が余裕たっぷりに「うるせえ」と制する。その大前屋の顎《あご》を突き出しての促《うなが》しに、辰二が自分の発言に補足する。

「実際あっしゃあ、その娘が男と出合い茶屋に入ってってって、しばらくときが経つまで出てこなかったのを、この目でしっかり見てますからねえ」

その言葉を受けて、大前屋は得意げに宣言した。

「お前さん方、今の言葉をよぉく聞いたかい。この娘がよ、初心《うぶ》そうな澄まし顔しやがってどんなことしてたか、こいではっきり判ったろうが。

どんな阿婆擦れでも所詮《しょせん》はただの娘っ子だぁ、世間様を憚る知恵は働かねえやなぁ——みんなこの池之端界隈でやったこったとなりゃあ、間を置かずにたちまち周囲に広まっちまうぜ。おいらぁ、そんなことになる前に、健気《けなげ》にも文句の一つも言わずに嫁にもらってやろうと宣《のたま》ってやってんだ。

おう、源兵衛。おいら以外に、こんなスベタを嫁に取ろうなんて殊勝《しゅしょう》な野郎がどこにいる？　もらい手がなくて嫁《い》かず後家《ごけ》になる前に、ちゃあんと可愛がってくれるとこへ嫁《とつ》がしてやるべきじゃあねえのかい」

ついで、大前屋の顔は裄沢のほうへ向く。

「そこの痩せ浪人、お前さんもどういうこったか、これで判ったろう。なら訳知り顔のお節介《せっかい》なんぞやめて、尻尾《しっぽ》ぉ巻いてとっとと失せやがれ。今のうちなら、事情を知らねえでつい出しゃばっちまったってことで、そこの辰二親分もお見逃しくださるだろうさ。さあ、とっとと出ていきねえ」

胸を張って言い放った。

が、言われた裄沢のほうは毛ほども堪《こた》えた様子がない。感心したような表情で、「なるほど」とまずはひと声上げた。

「お咲は花も恥じらう乙女に見せて、実は見世番を怠《なま》けて出合い茶屋で男と乳繰り合うようなふしだらな娘であったと。にもかかわらず大前屋殿はそのような娘を嫁に迎えるだけの大きな度量を持った御仁《ごじん》であると、そういうことかな」

裄沢がすんなりと自分の主張を受け入れる言動を見せたことに戸惑いながらも、大前屋は「おお、そのとおりよ」とそれまでの怒りを引っ込めた顔で頷いた。

「そのお咲のふしだらさは、御用聞きの辰二親分がしっかり確かめたということで、間違いはないか」

辰二は急に素直になった裄沢を胡散臭《うさんくさ》げに見ながら、「今さら言うまでもねえやな」と肯定した。

お咲と父親の源兵衛は、騒動に割って入ってくれたと思った男が相手の言い分を丸のまま呑み込んでいる様子に先行きを案じる。

が、裄沢の次の言葉を聞いて目を丸くした。

「とんだ茶番だな」

何を言われたのか、すぐには理解がつかなかった大前屋の反応が、一拍遅れた。

「な、何おう」

ようやく立ち直ろうとする大前屋を無視し、裄沢は御用聞きもどきの辰二に目をやる。

「辰二親分とやら。そなた、そこまではっきり言い切るからには、相手の男の素性も確かめておるのであろう」

「おう。言われるまでもねえ。この近くにある料理茶屋に奉公する庖丁人の見習いだぁな」

「その男が、ここなお咲の幼馴染みであることも承知しておるか」

「なっ——そんなこたぁ、お咲の身持ちの善《よ》し悪《あ》したぁ関わりのねえこったろう」

「そうかな。では、お咲とその庖丁人見習いが中に入ったまましばらく出てこなかった出合い茶屋が、どういうところだったかは確かめたのか」

「確かめるも何も、出合い茶屋は出合い茶屋だろうがよ」

「ほう、そなたの調べはその程度か。この千鳥屋がそうであるように、商売をやっているどこの見世も、おおよそは見世の主とその家族が住まう家でもある」

「……だから、何だってんでぇ」

「二人が入っていってしばらく出てこなかった出合い茶屋は、お咲とともにそこに入っていった庖丁人見習いの、実家だということよ。たとえ今は、奉公先の料理茶屋に住み込みで働いているとしてもな」

「えっ!?」

「だいたい考えてもみよ。そこの出合い茶屋は、この千鳥屋からも相手の庖丁人見習いが奉公している料理茶屋からも、歩いてすぐのところにある。そんな、知人《ひと》に見つかればたちまち噂になりそうな場所にある出合い茶屋で、乳繰り合うほどの考えなしにこのお咲が見えるか。

　そこまで逆上《のぼ》せ上がっておったというなら、出合い茶屋まで行くときすら待てずに、毎日この見世の裏辺りで逢《お》うておるものだと思うが、そなた、そういうところも幾度も目にしておるか。もし目にしておったなら、なぜそのことを先ほどは口に出さなんだ」

「……なら、出合い茶屋なんぞで何してたってんでぇ」

「おそらくは、その気がないと何度言ってもしつこく嫁に来いと迫ってくる地回りまがいの男がお咲に纏わり付いているのを、幼馴染みが心配して相談に乗ってやっていたのだろうさ」

「な、何だとぅ」

大前屋の反応は、裄沢の当《あ》て擦《こす》りに怒りを覚えたというより、思い掛けないことを言われて驚いたふうに見えた。

その大前屋に、裄沢の視線が向く。

「大前屋、そなたはお咲のふしだらさを知りながら己の嫁に迎えんと根気強く何度も願ってきた──さほどにお咲に惚れておると思ってよいか」

「お、おう。惚れてもいねえなら、嫁にもらおうなんぞと言うはずがねえだろ」

「嫁も、義理の父親やその見世も大事にすると？」

「言うまでもねえ」

「そうかな。では、そなたがこのごろ善伍《ぜんご》なる女衒《ぜげん》と親しくしておるのはどういう理由《わけ》だ」

目の前の浪人はもとより千鳥屋の父娘《おやこ》も知らぬはずの名を突然出された大前屋

は「なっ」と声を上げかけて絶句した。

九

「大前屋そなた、そこな取り巻きの連三との内輪話《うちわばなし》で、お咲を女房に迎えていずれ飽きがきたら、善伍を使って宿場女郎にでも叩き売ろうと話しておったそうだな」

「大前屋さん、あんたそんな……」

お咲の父親の源兵衛が、思いも掛けぬ話を聞かされて憤然《ふんぜん》とする。

「知らねえ、おいらそんな話は知らねえぜ。口にしたこともねえ——なぁ、連三」

同意を求められた連三は、己の口から漏れたなどと思われてはたいへんと、激しく首を縦《たて》に振る。

「そうか。ならば、別なことを問おう——この見世の隣も出合い茶屋だが、商売を畳《たた》んで明家《あきや》（空き家）になっておるそうだな。なんでも、土地が狭くて部屋数が取れず、客でほとんど埋まってもなかなか利益を上げるまでにはいかなかったそうな。しかも、一見場所がよいから何度も見世の主が変わっては、同じことを繰り返していたとか。ついにその話が広まって、今では明家になってから、もう一年近くのときが経っているそうだがな。

　ところが、そんな旨味《うまみ》がないはずの場所なのに、なぜかこのごろ買い手がついたらしいな。しかもその買い手は、別な商売を始めるのではなく居抜《いぬ》きで以前の者らと同じ商売をするつもりだとのこと。まあ、新たに商売を始めるにあたっていろいろと建物に手を加えるつもりだという話らしいがな。

　大前屋。前の持ち主が上手くいかなかった商売を同じところでやろうというからには、それなりの工夫があるはずだが、どのようにして儲《もう》けを出すつもりだ？」

「な、何でそんな……」

「これもまた連三との内輪話で語られておったことだが、買い取った明家の隣家へ娘の婿《むこ》になって入り込み、親父は放り出して商売を畳ませるとともにそこの見世は取り壊し、明家の増築部分として建て直すとの企《くわだ》てだとか。

　部屋数が少なくて利益が上がらぬならば、もっと建物を大きくして部屋を増やせばよい――大前屋、よくぞ考えついたものだな」

　お咲と父親の源兵衛は、信じられぬ者を見るような目で大前屋を見やる。

その大前屋は他に気を配る余裕もなくなったのか、いつの間にかお咲の腕を放していた。

「くっ、何を訳の判らねえことを。どこからそんな与太話《よたばなし》を仕込んできやがった」

「与太話もなにも、先ほどから言うておるように、そなたとそこな連三が汚い面を寄せ合ってコソコソと話し合《お》うていたことではないか」

裄沢の淡々とした言いように、大前屋が強く反駁《はんばく》する。

「どっから仕入れてきた与太話かは知らねえが、なぁに出鱈目《でたらめ》並べてやがる。オイッ、辰二親分、こんな野郎に好き勝手言わせといていいのかい。あらぬ疑いを掛けて人を貶《けな》す万八《まんぱち》（大嘘《おおうそ》つき）だ。ふん縛って、番屋へ突き出してくだせえ」

大前屋に促され、辰二が左手で右の袖《そで》を捲《まく》りながら足を踏み出してきた。

「おい貧乏侍《サンピン》、今さら泣き言並べやがったってもう遅《おせ》えぞ。さあ神妙にしやがれ」

その辰二を、裄沢は冷ややかな目で見据える。

「大前屋の言うように、俺をふん縛って番屋へ突き出すか」

ほんの一瞬躊躇いを見せた辰二だが、決死の表情になって「おう、やってやらあ」と言い放った。

「そうは申すが、縄を掛けるのは御用聞きの独断でできることではあるまい。そなたに指図する町方はどこにおる」

「な、なにおぅ」

と口答えをしながらも辰二は怯《ひる》んだ様子になる。

裄沢はその辰二を放置して、今度は大前屋へ目を移した。

「俺を番屋へ連れていって企《たくら》みが明らかになれば、困ったことになるのはそなたらではないのか」

「ヘン、だぁれが素性も判らねえ素浪人の言うことなんぞぉまともに聞くもんか。お前なんかそのまんま、小伝馬町《こでんまちょう》の牢屋送りになんだろうぜ」

大前屋がせせら嗤った。

裄沢は、「素性も判らぬ、か」と言いながら懐に手を入れ、なにやら細長い物を包《つつ》んだ手拭《てぬぐい》を取り出す。その手拭を広げてみれば、中から出てきたのは一尺（約三十センチ）もなさそうな小さな十手だった。

年番方に頼んで蔵から出してもらった後、普段は鳴海を見習い、布袋に入れた上にその口を縛った紐で厳重にぐるぐる巻きにして持ち歩いているのだが、本日は取り出すことを前提に、簡単に手拭で包《くる》んだだけで持ってきたのだ。

「これが見えぬか」

裄沢が三本指だけで取り上げ、ヒラヒラと左右に振ってみせる。

「な、そんな玩具《おもちゃ》なんぞ──」

「よっく見よ、きちんと房がついておろう。お上の許しもなしにこんな物を持っておったなら、それだけで重い罪に問われることを覚悟せねばならぬほどの代物ぞ。決して玩具などではないわ」

自分の言葉を裄沢に強く遮《さえぎ》られたことで、大前屋は口を噤《つぐ》む。

小さな十手をしっかり握り直した裄沢は、相手に厳《きび》しい目を向けて名乗りを上げた。

「それがしは北町奉行所隠密廻り同心、裄沢広二郎である」

「お、隠密廻り……」

大前屋が絶句し、連三と辰二は目を見開いて固まった。

「貫太、そこにおるか」

裄沢が見世の外へ呼び掛けると、小者の貫太が「へい」と応じた。見世の中にいる者らには入り口の外に人が立っているのは判ったが、姿は見えなかった。

「勝蔵《かつぞう》は来ておるか」

「へい、呼んでまさぁ。ちょいとお待ちを」

　と貫太が応ずるまでもなく、五十に近い歳と思える尻《しり》っ端折《ぱしょ》りの男が、こちらは自ら顔を出した。男は裄沢に頭を下げてから、見世の中にいる者たちを厳しい顔で見回す。

「親分さん……」

「源兵衛は知っておるようだな。念のため他の者らへも紹介しておくと、今呼び込んだは、ここら一帯を取り仕切り北町の西田さんから手札をもらっている、通称弁天《べんてん》の勝蔵親分だ」

「今裄沢様からご紹介に与《あずか》った勝蔵って者《もん》だが、おい辰二とやら。ここいらはてっきりおいらの縄張りだとばかり思ってたんだが、いつお前さんが取り仕切ることになったんだ？」

　本職の御用聞きに睨み据えられて、辰二は今までの虚勢《きょせい》が失せて小さくなっている。

「いや、そいつは、おいらが言ったんじゃなくって……」

　助けを求めるように大前屋を見るが、その相手は何も言わずにただ佇んだままだ。勝蔵は容赦《ようしゃ》なく辰二を責め立てた。

「手前が言ったんじゃねえからなんだ！　そこの大前屋とかいう男に裄沢様を召し捕れって言われて、お前はどうしようとしてた。ああ？　お上の御用を舐《な》めるんじゃねえぜ！」

叱りつけられた辰二は、もはや弁解の言葉もなく立ち尽くしている。

「大前屋」

裄沢の呼び掛けに、大前屋はピクリと反応した。

「そなた、それがしが口にしたことを出鱈目だと申したな。しかし、隣家の明家はすでにそなたの名義になっておる――勝蔵、それに相違ないな」

「へえ、町名主《まちなぬし》に確かめましたので、間違いはございやせん」

「そして、それがしが明らかにしたそなたとそこな連三が話していたことについては、こちらの手の者が全てその耳で聞いておる。それでも足りなくば、女衒の善伍なる男も呼び出して確かめようか――しかしそこまでするとなると、もはやそなたの罪は世間に隠しようもないほど明らかとなるであろうがな」

「……」

「大前屋。これまでのそなたの振る舞いは、騙《かた》りや詐欺《さぎ》を企《たくら》んだものと断ぜざるを得ぬ。全てを明らかにしてこのまま番屋へしょっ引けば、欠所《けっしょ》（資産没収）は免《まぬが》れぬ。さらにおそらくは、江戸払《えどばら》い（江戸の中心地の外への追放）か江戸十里四方払《じゅうりしほう》い（日本橋から五里以遠の、江戸の郊外よりも遠隔地への追放）あたりの追放刑が科されるであろう」

「！」

「ただし、幸いにしてまだ実際の罪を犯す前であったゆえ、情けを掛けてやる余地がないわけでもない」

大前屋は無言で、しかしほんのわずかな希望を視線に乗せて裄沢を見た。

「大前屋。今後いっさい千鳥屋やお咲には手を出さぬと、そしてこれからは真当に生きて悪事には決して手を出さぬと、それがしと勝蔵親分の前で誓《ちか》え。真摯《しんし》に誓うならば、こたびだけは目を瞑《つぶ》ってやろうと思うがどうか」

お咲は、腕を放されてすぐに大前屋から二歩、三歩と遠ざかった。それから裄沢の言うことを、ただ茫然《ぼうぜん》として聞いていた。

裄沢の正体にはびっくりしたが、どうやら自分や父親がこれまで大いに困らされていたことから解放されそうだと知ってほっとした。が、最後に裄沢が口にしたことには、どうにも得心のいかない引っ掛かりを覚えてしまった。

桁沢はそんなお咲のほうに関心を向けていない。無言のままの大前屋を促す。

「さて、どうする。罪に服して身代《しんだい》と居場所を失うがよいか。それともこれまでのことを本気で反省し、二度とやらぬし近づきもせぬと誓うか。全てはそなた次第ぞ」

突き詰められた大前屋に、選べる選択肢《もの》は一つしかなかった。

十

桁沢からの弾劾《だんがい》に観念せざるを得なかった大前屋と連三、辰二を伴って、御用聞き弁天の勝蔵がこの場を去っていく。四人の姿が見えなくなってから、桁沢は源兵衛・お咲の父娘のほうを振り返った。

「これでいちおうは落着ということだが、済まないな。町方とはいえできるのはこの辺りまでだ」

「いえ……とんでもねえことでございやす。こんな小さな見世のことをお気遣いいただき、たいへんありがとうございました」

大前屋には押しまくられるばかりでほとんど声も発せずにいた源兵衛が、ひと言声を上げたかと思うと堰《せき》を切ったように礼を口にした。

お咲も、目の前で起こったことが夢ではなかったかと半分は信じられぬ気持ちのまま、父親の隣で頭を下げる。

「大前屋たちを連れ出した勝蔵は、そのまま何もせずに連中を放り出すわけではない。大前屋には、そなたらへの詫び銀（慰謝料）もたっぷり出させるであろう――こたびの企てに失敗《しくじ》ったことで、大前屋が買ったここの隣は使い途がなくなった。辰二を動かしたり女衒とつなぎをとったり、それ以外にも細かなところで金は使っていようから、あの男もこれからはたいへんかもしれぬな。

けれど、こたびの話はこの界隈を見回る北町の西田さんや柊《ひいらぎ》さんも知るところとなった。大前屋たちがまた何かしでかそうとすれば、勝蔵も黙ってはいまい。俺はお役目柄、この地にだけかかずらわっておるわけにはいかぬが、もし何かあったときには、この三人のうちのいずれかを頼るがいい」

裄沢が名を挙げたうちの柊壮太郎《そうたろう》は、西田が非番のときなどに、多くの場合代役として市中巡回を行う臨時廻りだ。

「はい。何から何まで、ありがとうございます」

裄沢は源兵衛からの再度の礼を耳にすると、その場から立ち去ろうとした。その背に、お咲が「あの」と声を掛ける。

「お役目ではお立ち寄りいただけないでしょうが、もしよろしければ、気が向いたときにでもお寄りくださいい。つまらない物ばかりではございますが、差し上げるとのお約束も果たせてはおりませんので」

振り向いた裄沢は、温かい目をお咲へ向けた。

「そう言えばそうであったな。いずれ、機会があればな」

裄沢は、お咲の「お待ちしております」という声を背に受けながら見世を出た。


大前屋ら三人は、引っ括ろうと思えばお縄にして番屋送りにすることは十分できた。大前屋に限れば欠所の上追放刑に処せたであろうし、取り巻きの連三や辰二についても所払《ところばら》い（現住居からの追放）程度にはできたであろう。

それをしなかったのは、はっきり罪に問うたほうが、後々のお咲や千鳥屋には却って悪い結果になるのではという危惧《きぐ》があったからである。

江戸払いや江戸十里四方払いといった追放刑に処された場合、原則として制限された土地の中に入ることはできなくなる。しかし草鞋《わらじ》を履《は》いている限り、「旅の途中で通過しようとしているだけ」という理由でお目零《めこぼ》しがなされるという慣習があった。

大前屋のような小悪党は、流れ者の盗人《ぬすっと》などとは違って、己の住み暮らす土地に地盤を持った中で悪さを企てる。そうした者が欠所を喰《く》らって銭も失えば、それでもわずかに残っていようと期待できる地縁にしがみつこうとすることは明らかだ。

江戸には周辺の農村から、あるいはより遠方から、己の郷里に見切りをつけて流れ着く者が多数いる。それらのほとんどは、人別《にんべつ》（戸籍）もないまま町の片隅の吹き溜まりのような場所に居着いている。追放刑になっていながら江戸に居座るような者らもここに混じるのだが、こうした者らの居場所を特定することは、たとえ借家であれきちんと住まいを持って暮らしている者と比べれば遥かに難しい。

身代も住まいも失ってやけっぱちになった大前屋が逆恨《さかうら》みで千鳥屋に手を出そうとしたとき、それを事前に察知することは、非常に困難になるのだ。

それならば、今の住居に住まわせたまま勝蔵の監視の下で汲々《きゅうきゅう》とさせていたほうが遥かにマシであろう――それが、こたびの裄沢の判断だったのである。

西田や柊も裄沢の考えを了承してくれた。ゆえに、こうした処断で済ませたのだ。

裄沢が不忍池を右手に見て歩き出すと、いつの間にかやや後ろに小者の貫太がついた。

「こたびは苦労を掛けたな」

「いえ、普段の勤めとは違っていて、面白うございました」

裄沢が前を向いたまま語り掛けると、貫太は何ごともないというふうに返してきた。

「しかし、ここまで鮮やかに突き止めてくれるとは思っておらなんだ。たいへんに役に立った。礼を申す」

「滅相《めっそう》もねえことでございやす。あっしのような者がお役に立てたなら、何よりにございんした」

大前屋が取り巻きの連三と企てた千鳥屋乗っ取りや、女衒の善伍を呼び込んだ目的を暴《あば》き出したのは貫太であった。

裄沢に伴われて物陰から三人の顔を確認した貫太は、その晩から翌日一杯掛けて大前屋の動きを追った。そして連三を伴った大前屋がいつも使っているらしい居酒屋の存在を確認すると、大前屋たちが帰ったのを確かめてからその居酒屋に顔を出してみた。

心寂《うらさび》れたところに立地している割には客の入りがいいその見世には、どうやら後ろ暗い者もよく出入りしているようだった。初見の客である貫太が顔を出すとピタリと話し声が途絶えたが、そうでないときには表に出せないような話が様々なところでなされているように思えた。

それから貫太は、大前屋たちがいないときを見計らってその居酒屋に通うようになった。如才ない上に気っ風もよい貫太は、すぐにその見世に馴染《なじ》んだ。

そうなって初めて、大前屋たちがその居酒屋へ入ったのを確認し何気ない顔をして同じ見世の縄暖簾《なわのれん》を潜ったのである。貫太と見世の者とのやり取りを聞くともなしに耳にした大前屋たちは、ただの常連が自分らのすぐ近くに座ったとしか思わずに、酔うに従い騒がしい見世の中で辺りを憚ることなく千鳥屋に関わる密談を喋《しゃべ》り散らしたのだった。

千鳥屋の乗っ取りと隣家と繋《つな》げての改築も、嫁にした後のお咲の扱いも、そして隣家の明家をついに手に入れたことで千鳥屋へ乗り込んで決着をつけようというその日取りも、そうやって知ることができたのである。

大前屋たちは最後まで貫太の存在に気づかなかった。ために、裄沢がどのようにして自分らの企みを探り出したかについては皆目見当《かいもく》がついていない。そうしておくために、貫太は裄沢が千鳥屋で名乗りを上げた後も大前屋たちの前に姿を見せなかったのだ。

大前屋たちにすれば、これほど不気味なことはなかろう。今後何か悪事を企てようとしても、いつどこで町方の目が光っているか判らぬとなれば、その行動も大いに制約されることが期待できた。

以上のことからも、こたびの一件を上手く収められた一番の大手柄は貫太であるが、裄沢から軽く話を聞いただけでその貫太を推奨《すいしょう》してきた小者の頭格の仁助も大した働きをしてくれたことになろう。

「廻り方とはいえ、よくは知らぬ者からの指図だし、常の仕事とは違ったことをやってもらう話であった。本音を言えば、ここまで気を入れて打ち込んでくれるとは思っておらなかった」

「それは……裄沢様からのお指図でしたから」

「俺のことを知っておったと？」

「いえ、直接には――あっしも、あっしを裄沢様につないでくだすった仁助さんも、前の頭格だった善三さんにはずいぶんとお世話になったもんですから」

「善三の……しかしそれならば、なぜ？　俺は、善三を土壇場《どたんば》に送った男だぞ」

善三は、どこまでも仕事や仲間を思いやった末に、罪を犯してしまった男だった。それを暴《あば》いたのが裄沢だったのだ。

「善三さんが土壇場に送られるために牢屋敷へ移される前、仁助さんとあっしは善三さんと話をすることを許されまして。

そんときに善三さんから直《じか》に聞いておりやす――裄沢様は、自分が命を落とすそのときまで胸を張って御番所の小者で在り続けられるようにしてくだすったお方だと。だから、何の悔いもなくあの世へ旅立てると。

仁助さんもあっしも、そのように善三さんを導《みちび》いてくださったお方のためなら、少しも労を惜しむつもりはございやせん」

貫太はきっぱりと言い切った。

茜差《あかねさ》す空を見上げた裄沢は、最後まで真摯で在り続けようとした男のことを想い浮かべ、しばし言葉を失っていた。

第二話　廓証文《くるわしようもん》

一

桁沢は、吉原の大門《おおもん》を入ってすぐの場所に建てられた面番所の庇《ひさし》の下で、目の前を通る客たちの姿を眺めていた。すでに月が変わり、また北町奉行所が月番となっているのだ。

池之端の千鳥屋の一件があって以降も、桁沢は江戸の市中を特段の目的もなく彷徨《うろつ》き回り、千鳥屋のときのようにいくつか気になったことへちょっかいを掛けた。

とはいえ、騒動の現場に堂々と姿を現して名乗りを上げるようなことは、千鳥屋の一件でしかやっていない。他のときはいずれも、定町廻りや臨時廻りに労《ろう》を取ってもらうか、あるいはそうした面々にその地を縄張りとする御用聞きを紹介してもらって、解決を任せるに留めていた。

　隠密廻りである裄沢は、特定の持ち場も持たず、持ち場を任された定町廻りと組んで仕事をすることもほとんどない。であるからには、必要もないのにしゃしゃり出て顔を売るつもりなどさらさらなかったのだ。

　ただし、そうした「市中を彷徨く」という鳴海からの指示も、先月の半ばを過ぎるころからあまりまともにはできなくなってきた。梅雨《つゆ》の季節がやってきたからである。

　五月雨《さみだれ》の名のとおり、例年梅雨の時期はほぼ皐月《さつき》（陰暦五月）のひと月と合致している気がするのだが、今年は四月と五月の間に閏《うるう》四月が挟み込まれた。そのためか、裄沢が市中を彷徨いていた閏四月の半ばには、もう今年の梅雨が始まっていたのだ。

　そうして月が変わり、月番が南町奉行所から北町へ交替すると同時に裄沢のお役である隠密廻りに吉原で面番所に詰めるという勤めが課されても、当然まだ梅雨は続いていた。

　本日も、しとしとと雨が降り続いている。そのためか、吉原の大門を潜って中へ入る客の姿もまばらに見える。

毎日このような天気だと外出《そとで》するのも億劫《おつくう》になってくる。それでも「気晴らしに」とやってくる客がちらほらと目につくが数はだいぶ減っているように見える。

そして客の中でも出商いや出職《でしょく》（大工など野外で働く職人）といった日銭稼《ひぜにかせ》ぎの者たちは、天気が悪いと稼ぎにならない者が多い。そういった者らは吉原に憂《う》さを晴らしに来たくとも肝心のお金《あし》がないということで、家で雨に降り籠められているしかないはずだ。

――ならば、吉原の囲いの内の各町で大通りに面して見世を構えるような妓楼《ぎろう》はともかく、西河岸《にしがし》（西側の囲い際《ぎわ》の外縁部）や羅生門河岸《らしょうもんがし》（西河岸とは逆の東側にある同様の場所）にある河岸見世《かしみせ》（最下級の娼館）や局見世《つぼねみせ》（長屋状の部屋で商売を営む、河岸見世同様の下級の娼館）で働いているような遊女たちのほとんどは、お茶を引いている（客が来ずに仕事にならない状態）のではないか。

張見世《はりみせ》（籬《まがき》と呼ばれる格子《こうし》の内側に女郎を並べて客に品定めをさせる場所）のあるようなきちんとした妓楼でも、客がつかない女郎には飯を抜くような折檻《せっかん》をすることもあるが、女郎が客から直に金を受け取る河岸見世や局見世においては、その日の上がりがあるかは飯が食えるかどうかに直結する。客が寄ってこなければ、文字通り干上《ひあ》がってしまうのだ。

それ以外のことで言えば、登楼《とうろう》を目的とせずにただ見物するために中へ入ろうという物見《ものみ》の客は大きく減っているだろう。吉原には妓楼の他に物見客を相手にするような飲食や土産物《みやげもの》の見世なども多数あるのだが、そういったところも長雨には大きな打撃を受けているはずだ。

そんなことを考えていると、番傘《ばんがさ》を差した町方装束が面番所に飛び込んできた。

「鳴海さん」

「毎日《めえんち》飽きねえでよく降るねえ」

面番所の建物の内に入った鳴海は、畳んだ傘を入り口の柱に立て掛けると、手拭《てぬぐい》を懐から出して濡れた羽織《はおり》の水気を払う。

傘など差さずに濡れて町廻りをするのを「粋《いき》」とする廻り方でも、さすがにここまで酷《ひど》く降られては気取ってなどいられない。

「今日はどうなさいました」

予定を伝えることなく不意に訪れるのが鳴海のいつものやり様だが、何か起きてのことなのか、確認しないわけにもいかない。

「いや。この雨で他に何も手の出しようがねえから、面ぁ出してみただけさ――けど、どうしたい。そんな不景気なご面相《めんそう》してよ」

「いえ、別に。こんなとこでも、雨には祟《たた》られるのかと思っていただけです」

「まあ、雨が降ろうが雪になろうが、相も変わらず禄《ろく》を頂戴して飯が食えんなぁ、お侍《さむれえ》ぐれえのモンだ。考えてみりゃあ、てえしたご身分だよなぁ」

裄沢のものを思う顔をちらりと見た鳴海が、建物の中から庇のほうへ顔を突き出して、雨の様子を覗《うかが》いながら言った。

大したご身分、と言われてふと思い出したことがあった。

「そういえば鳴海さん、先日のここでの顔合わせのときのことですが」

裄沢は当初、「隠密廻りの応援」ということで吉原での立ち番に就いたため、正式な挨拶は受けずに四郎兵衛会所《しろべえかいしょ》（吉原で妓楼を営む者たちが雇った奉公人による、場内管理と統治のための施設。面番所の向かい側に設置されていた）の面々と軽く顔合わせしただけで済ませた。

しかしその後、裄沢が正式に隠密廻りを拝命したため、双方顔合わせの場が設けられたのである。北町奉行所が月番ではない先月のことだったが、市中を「彷徨く」ことしか課せられていない裄沢はいつでも身体が空いていたため、日取りを合わせるのに苦労はしなかった。

挨拶の場は仲《なか》の町《ちょう》（大門前から真っ直ぐ奥へ向かう、吉原一番の大通り）に建つ大きな引手茶屋《ひきてぢゃや》（格式高い妓楼と客の間を取り持つ仲介業者）。先方には松葉《まつば》屋《や》や丁字屋《ちょうじや》といった吉原でも名うての大楼《たいろう》の主《あるじ》や、そうした大楼とも付き合いの深い引手茶屋の主がずらりと並んだ。

向かい合って座すのは裄沢と鳴海の二人だけ。鳴海は慣れたものだが、裄沢には気詰まりな場であった。

格式張った挨拶が終われば酒食が供《きょう》され、芸者や幇間《ほうかん》（たいこ持ち）が呼び入れられて華やかな宴席となっていく。裄沢にすれば、宴が終わるまでどうにも落ち着かない気持ちが続くばかりである。

ちなみに深川など他の花街《いろまち》の芸者は、客が持ち掛けて合意に至れば身を任せることもあるが、吉原の芸者だけはそうした行為が厳に禁じられていた。破ったことが発覚すると、見番《けんばん》（芸者が登録し日々の仕事の斡旋《あっせん》をしてもらう場所）から名札をはずされ仕事ができなくなったとも言う。

江戸で唯一「官許」の遊郭《ゆうかく》という特権的立場から、深川その他の岡場所などにおける「もぐり営業」の取り締まりを常に訴え続けていた吉原としては、お膝元でのもぐり営業をそのままにしておくことはできなかったということであろう。

「顔合わせって、妓楼の楼主《ろうしゅ》とかがずらりと並んで挨拶してきたときのことかい」

裄沢が何を問うてきたのか鳴海は確かめた。

「ええ、そのときのことです」

「年に何度かおいらたちも呼ばれてご接待ってヤツを受けることはあるけど、あそこまでお歴々《れきれき》が並ぶこたぁなかなかねえんだぜ。おいらも、手前《てめえ》が隠密廻りんなったときとこたびで、ようやく二度目だ。

けどお前さん、あんまり楽しそうじゃなかったようだねえ」

「ええ、まあ。いくら町人とはいえ、頭に立つ者があれだけずらりと並んだ席は慣れませんで」

「すぐたぁ言わねえけど、おいおい慣れてもらわねえと困るんだけどな――そいで、顔合わせのときにどうしたって？」

「帰りに手土産を渡されたんですが、その中に――」

「金子《きんす》が入《へぇ》ってたってかい。廻り方なら、出入り先から合力《ごうりき》の金を受け取るなぁ、みんなやってるこった。しかもその金ぁ、御用聞きや手先どもの小遣いに回したりしてるから、誰から咎められるようなモンでもねえ。黙って受け取っときゃいいさ」

「それは判っていたつもりですが、そこそこ大きな額だったもので」

「へえ。いくらだったたか、訊いてもいいかい」

「切《き》り餅《もち》（一分金《いちぶきん》百枚分の紙包み。一つで総額二十五両）一つでした」

「ふーん、予想《おも》ったよりゃあ少なかったな」

裄沢は鳴海の感想を意外なものと受け取った。

「ですが俺は、廻り方としての実績もほとんどない、内役《うちやく》（内勤）から抜擢《ばってき》されただけの男ですよ」

裄沢の言に、鳴海は首を振る。

「お前さん、その言い方ぁ吉原《なか》の連中を甘く見てるってもんだぜ。ここにゃあ、諸藩の留守居役《るすいやく》や大店《おおだな》の主なんぞといった世の中の噂に精通しているお人が、ひと晩に何十人も客として出入りして、互いに知ってることを教え合ったり閨《ねや》で睦《むつ》言《ごと》をホザいたりしてるんだ。芸者や女郎は、そういう話を『その場限り』で聞かなかったことにしたとしても、楼主や見番の主なんぞにゃあ筒抜けってことも少なかねえ。

内役でいながら廻り方にも匹敵するようなお前さんの活躍ぶりを、ここの上の連中が知らずにいるはずは《はざあ》ねえのさ――少なかったってえなぁ、それにしちゃあさほどはずまなかったんだなぁって、そっちのほうの驚きよ。まあ、噂に聞いたとこによると、お前さん、豪商、富商といろんなとっからきたお誘いにみぃんなソッポ向いて袖《そで》にしたんだって？　吉原《ここ》の連中は、そんな話まで拾った上で、『まあこの程度なら突っ返されるようなことにゃあならねえだろう』ってとこまで抑えて渡してきたんだろうさ」

鳴海が口にしたのは、唐家の前任の内与力であった倉島が己の意のままにならぬ裄沢を追放しようとして、逆に御番所を去ることになった一件の直後のことだった。己より身分の高い与力を二年も経たぬうちに何人も追い落とした裄沢が周囲から注目を浴びたことがあったのだ。

「……そうでなければ、もっと多かったと？」

「ただのおいらの憶測だけど、たぶん間違っちゃいねえと思うぜ。まあ、おいらんときゃあもうちょいと少なかった気がするけど、気にしねえで取っときな。そいから今後とも節季《せっき》ごとに合力があるけど、まぁ出入りの商家の一つだとでも思っときゃいいからよ」

隠密廻りは定町廻りと違って、吉原の面番所での立ち番以外に特定の持ち場はなく、また身分を隠しての探索に当たるなどお役の中で商家や大名旗本家などと新たな付き合いが生じることも少ない。だからといって、探索に取り掛かるとなれば相応に人を使う状況も発生する。

これとは少々事情が違うとはいえ、先月勝手に行った池之端での騒動の解決でも、裄沢は小者の貫太を動かすのにある程度自腹を切っている。

――廻り方として必要になる金ではあるし、これからの隠密廻りも同様に受け取る物である以上、波風を立てるほどのことではないか。

そう得心して、黙って受け取ることにしたのだった。

二

この日も、朝からしとしとと雨が降り続いていた。裄沢が面番所の中から見るともなしに大門の出入りを眺めていると、傘を差した着流しの若い侍が中へ入ってくるなり、面番所へ向きを変えてやってきた。

傘を窄《すぼ》めて水を切ると、中を覗き込んでほっとした顔になった。

裄沢とともに面番所の中にいた御用聞きの子分・民助《たみすけ》が、突然飛び込んできた着流しの侍に警戒する様子を見せる。この民助は、以前辻斬りの一件における関わりから裄沢に多大な恩を感じている浅草田町《あさくさたまち》の御用聞き・袖摺《そですり》の富松《とみまつ》の子分だった。

何者かと見やった裄沢は、その闖入者《ちんにゅうしゃ》の顔を見て驚いた。

「鵜飼《うかい》様……」

北町奉行所で新任かつ一番歳若の内与力、鵜飼久作《きゅうさく》であった。

「裄沢さん、ちょっとお邪魔させてください」

鵜飼は、濡れた傘の始末をしてから中へ入ってくる。

「こんなところへ出向かれるとは思いませんでしたので、驚きました。今日はどうされました」

「いや、ちょっと裄沢さんの顔を見たくなりまして」

「して、その格好は……お一人ですか」

裄沢がちらりと入り口の向こうへ目をやったのは、与力ならば供侍《ともざむらい》を含むお供が何人かついているのが当然だったからだ。

「今日は、非番でしたので」

「非番の日に、わざわざそれがしに会いに」

あるいは吉原へ遊びに――とも思わぬでもなかったが、そうとは訊けずにこのような言い方になった。まあ、町奉行所の与力が女郎買いに来たなら、面番所の前は素知らぬ顔をして通り過ぎるか、せいぜいが目顔で挨拶してくる程度だったであろうが。

やってきた侍がどうやら裄沢の知己《ちき》だというだけでなく、丁寧な言葉遣いをされるような相手だと知って、民助は手早く茶を用意して二人に供した。鶉飼には乾いた手拭も差し出している。

裄沢は民助に、「北町奉行所《きたのごばんしょ》の内与力、鶉飼様だ」と簡単に紹介する。民助は、「へえ、こりゃあどうも」と畏《おそ》れ入って何度も頭を下げた。

「茶を忝《かたじけな》い。雨に降られる中をやってきたゆえ、助かる」

鶉飼は受け取った手拭で着物の水気を払いながら、屈託《くったく》なく民助に礼を言った。

「裄沢様、あっしゃあちょいと、四郎兵衛会所《むかいがわ》へ行って参《めえ》りやすので」

民助は、わざわざこんなところまで御番所から内与力がやってきたことへ気を利かせ、席をはずすお伺いを立ててきたのだった。

裄沢は「そうか」とのみ応じ、頷くことで謝意を示して民助を送り出した。

「御用の邪魔になってしまいましたか」

「いえ、御用とは申せ、やっているのはただここから仲の町の行き来を見ているだけですので」

案じ顔の鵜飼へ、裄沢は問題ないと打ち消した。

「鵜飼様。本来なればこちらから参上してお詫びすべきところ、このような場で申し上げるのも恐縮にございますが、改めてひと言申し上げさせていただきます。

深元《ふかもと》様より命ぜられました、鵜飼様に御用部屋での仕事の有りようを説明するお役目につき、途中で放り出す格好になってしまいましたこと、真《まこと》に申し訳なくお詫び致します」

裄沢は、鵜飼に深々と頭を下げた。ここで裄沢が名を出した深元も、唐家やこの鵜飼と同じく、三人いる北町奉行所の内与力の一人である。

全員が幕臣である町方の与力同心の中で、町奉行の秘書官的な補佐を勤めるという役儀の性質上、内与力だけは唯一奉行の「子飼い」であるお家の家来が任じられる。その業務内容から、奉行のお家で用人《ようにん》を長らく勤めた経験者が宛てられるのが一般的であるのに、なぜか鵜飼はそうした職務をほとんどこなしたことのないまま今のお役を拝命した。

　そうした鵜飼に仕事の内容を理解させるにあたって、まずはお奉行の業務の下調べや各種文書の草案作成などを行う御用部屋の仕事を知るのが手っ取り早いということで、当時御用部屋で作業にあたる用部屋手附同心だった裄沢に、深元からその指図が出されたのだった。

　ところが折悪《おりあ》しく、同じときに自分の罪を無辜《むこ》の者に被せようとして発覚した御用聞き・権太郎が逃亡する騒動が起こった。その一連の騒ぎの中で、御用聞きを使っていた臨時廻りの安楽が謹慎したのに連動し、裄沢は用部屋手附から隠密廻りの応援へ、さらには正式に隠密廻りへ配置換えとなってしまう。必然的に、深元から指図された鵜飼への仕事の説明は、途中で中断されたまま解消となってしまったのだった。

　頭を下げた裄沢に、鵜飼は慌《あわ》てた。

「いやいや、裄沢さんには前に奉行所でお会いしたときにも謝ってもらっておりますし、こうなったについては唐家様よりきちんと説明も受けています。御番所より新たなお役に任ぜられたとなれば仕方のないこと。裄沢さんを恨みに思うことなどはこれっぱかりもありません」

大きく左右に手を振りながら、「ただ」とポツリと呟《つぶや》く。

その様子に、裄沢は口を閉じて鵜飼が続けるのをじっと待った。裄沢の促《うなが》しを受け、もともと吐き出したかった鵜飼が零《こぼ》す。

「裄沢さんの後を、唐家様は水城《みずき》さんに任せたのですが、お忙しいのか、なかなか相手にしてもらえませんで」

鵜飼が同役の唐家を「様」付けで呼んだのは、唐家が今の仕事の先達で遥かに歳上だというだけでなく、小田切《おだぎり》家の中では家令《かれい》という上役にあたる人物だからである。

水城は、御用部屋で裄沢の同輩だった者のうちの一人である。あまり深い付き合いはなかったが、仕事上での関わり合いは一番多かった男だ。

実際、裄沢が唐家や深元から急に別件に従事するよう命ぜられた際に、途中まで手をつけていた仕事の後処理を任されるのはほとんど水城だった。こたびの鵜飼への説明役についても、その流れで水城へ押しつけられたものと思われる。

しかし、すでに用部屋手附のお役から離れた裄沢には、鵜飼の相談を受けてもどうにかできるような内容ではない。

「それがしが正式に隠密廻りのお役に就いたことにより、今は用部屋手附の人数が一人少ないままになっていると聞き及んでいます。その分の負担は水城にもいっているでしょうから、なかなか鵜飼様へのご説明にときを掛けるだけの余裕が取れずにいるのかもしれません」

面倒臭《めんどくさ》がりで余分な責任を負いたがらない普段の水城の有りようを思い浮かべた裄沢は、そう言いながらも「唐家様は任せる相手を間違えたのでは」という思いを拭《ぬぐ》えずにいた。

裄沢の言葉に、鵜飼は溜息をつく。

「それは判っているつもりですが……殿には格別に目を掛けていただき、せっかく町奉行所の内与力というお役に就けていただいたのに、いまだ何もできぬ己が不甲斐《ふがい》ないばかりで」

鵜飼の言う「殿」とは、北町奉行の小田切土佐守直年《とさのかみなおとし》のことである。鵜飼にとって小田切は単なる職場の上役ではなく、自分が仕《つか》える主君なのでこうした呼称になっている。

「深元様からは、鵜飼様はお家でご用人のようなお役は全く経験されてこなかったと伺っております。なれば、ふた月やそこいらで他の内与力の皆様のように仕事がおできにならぬのは当然のこと。そうした期待をしての任命ならば、別なお方が今のお役に就いておられましょう。

にもかかわらず鵜飼様を内与力に就けられたということは、先々を見越し長い目で育てていこうということかと存じます。僭越《せんえつ》ながらそれがしは、鵜飼様もそのおつもりで、焦《あせ》ることなく、一つひとつ着実に内与力のなさるべきことを憶えていかれればよいのではないかと考えますが」

と慰《なぐさ》めつつも、鵜飼の内与力登用については、正直なところ裄沢も疑問に思うところがあった。

町奉行は、単に江戸の町の治安を預かるというだけでなく、幕閣の一員として幕政全般に意見を表する立場にもある。その秘書官的な役割を果たすべき内与力は、当然ながら幕府の様々な重要部署と折衝《せっしょう》を行うことが必要とされた。

そうしたお役目に、他家との折衝を主要任務の一つとする用人としての経験を全く持たぬ者を宛てた小田切家の人事は、どうにも理解しがたかったのだ。

とはいえ、誰を内与力に任ずるかは小田切家の中のこと。町奉行所の一同心でしかない裄沢が首を突っ込める話ではない。

——まあ、どうにか慰めて仕事に前向きになってもらうしかないか。

そう考えながら、いまだ憂《うれ》い顔の鵜飼を横目で盗み見する裄沢なのであった。


それとはまた別の日の、北町奉行所内座《ないざ》の間《ま》。ここは、町奉行が主に奉行所以外の仕事（幕閣としての仕事や旗本家当主としての仕事など）をするための場所である。

座敷の中には、奉行の小田切直年の他、内与力の唐家と深元の三人だけしかいない。

「して、鵜飼のこととは」

唐家から相談を持ち掛けられた小田切が、その詳細を問うた。

「は。殿はもとよりご存知のことにございますが、鵜飼は小田切家の家中で馬廻《うままわ》りなど主に番方《ばんかた》（武官）の仕事に従事してきた者にて、用人を勤めるような経験はいっさい有しておりませぬ。

にもかかわらず、こたびこの御番所の内与力に登用されたことで、当人はだいぶ当惑致しておるようでして」

「……まあ、そうであろうの」

「それでも最初のころは、新たな仕事で早くお役に立てるようにならんとずいぶん張り切っておったのですが、このごろはいささか意気消沈しておる姿が目につくようになりまして」

「それは、いつごろからのことか」

「目立ってきたのは半月ほど前からにございますが、吾《われ》の見たところ境目は、裄沢が隠密廻りとなって鶏飼への説明役からはずれたあたりからかと」

「……うん。さもあろうか」

「殿は、お心当たりが？」

「あると言えば、あるか。そうなるやもとは、思っておったからの」

曖昧《あいまい》な返答に真意が読めず、唐家は肚《はら》を決めてはっきりと問うことにした。

「殿。鶏飼を内与力に登用した、その存念《ぞんねん》をお聞かせいただけましょうや」

「存念とな」

「はい。せっかく若手から抜擢《ばってき》したものの、このままでは却《かえ》って腐らせてしまうことにもなりかねませぬ。そうしないためにも、まずは殿がどのような意図《いと》であの者を引き上げたのかをお聞きしておくべきかと存じまして」

　さようか、と応じた小田切はわずかに考えを纏《まと》めてから口を開いた。

「あの者なれば、じっくりときを掛けて鍛《きた》え上げればできるようになりそうだ、と思ったことは確か」

「そのおっしゃりようですと、他にもご存念があったと」

「うむ——実は、紐をつけることができようかと思うてな」

「紐？　鵜飼に、でございますか」

「いや、彼《か》の者にじゃ。アレは、上から押さえつけようと下手なことをすれば反発してひっくり返し、筋立てて説得せんとすればそれを上回る理屈を捏《こ》ねて論破してしまう。新たな内与力としてなまなかな者を据えたとて、御《ぎょ》することなどできはしまい。

　そうであるならば、むしろアレに新たな者の指導を任せてしまったらどうか、とな」

　そこまで聞いて、小田切の言う「彼の者」、「アレ」が誰を指しているかの理解はついた。しかし——。

「同心が与力の指導、にございますか」

「無論のこと、表立ってそのような言い方をするつもりはなかったがの——己が導かねばならぬ者がいつもそばにおって、その手本にならねばという気があるなら、周囲が呆れ返るほどに思い切ったマネはできなくなろうかと考えたことは確かじゃ」

ずいぶん大胆なことを、と呆れはしたが、その時点なればなかなか妙案と評せたかもしれなかった。そこは、認めるべきであろう。

「しかし、その紐をつけるはずの相手は、御用部屋から移さざるを得なくなってしまったと……」

「全く予期せぬことだったがの。ただ、あのような仕儀《しぎ》になってしまえば、アレの扱いについては他に手はなかったであろう」

「……巡り合わせが悪うございましたな」

肝心の紐をつけるべき相手を隠密廻りとして転任させざるを得なくなったとなると、小田切の構想は根底から覆《くつがえ》されてしまったことになる。

唐家の感懐《かんかい》に、小田切は渋い顔になった。が、それだけで話を終えるわけにはいかない。紐づけ先がなくなってしまったことで、将来ある己の家臣が宙ぶらりんになってしまったのであるから。

「で、鵜飼はどうなされます」

問われた小田切は溜息をつきながら返す。

「このまま小田切家《かちゅう》へ戻したのでは、当人に何の瑕疵《かし》があるわけでもないのに、あ奴の経歴に傷がついてしまう。今のままでどうにか育てていくしかあるまいと思うが、どうか」

「……さよう。それしかありますまいな」

「余計な苦労を掛けるの」

「何の。これもお役のうちでござりますから」

唐家は、特段表情に出すこともなく頭を下げた。それを横目で見ながら、深元も続く。

それからしばらくの間、座敷の中に言葉を発する者はいなかった。

三

この日裄沢は、普段着の着流し姿で組屋敷を出た。本日は梅雨の合間の晴れの日だ。

とはいえ、鳴海から指図のあった「市中を彷徨く」ことを再開したわけではない。まだ北町《きたまち》奉行所の月番は続いているし、そうであれば他にできることのない裄沢のお勤めとしてやるべきことは、吉原の面番所で前を通る者を監視するくらいしかないのだ。

ただ、本日は非番であった。そこで裄沢は、面番所勤務時の町方装束から衣装を変え、浪人者を装《よそお》って吉原の中を歩いてみようと思い立ったのだった。

町方装束のまま吉原の中を歩くことを、誰かから止められているわけではない。しかし町方が助力を求められるほどの騒ぎが起こったわけでもないのにそんなことをすれば、いい顔をされないのも自明の理だった。

大門を潜ってすぐに、面番所で町方役人が外を見ているのは誰でも気がつく。しかしそれはお上が求めた吉原の決まりごとだから、ことさら妙に思う者はいない。

けれども、張見世に居並ぶ女郎を品定めしているときとか、妓楼に登楼《あが》った二階からふと外を見下ろしたときとかに、所在なさそうにそこいらを歩いている町方装束が目に入ったらどうだろう。興が冷め、ふと真顔に戻ってしまう者がいるかもしれない。

それは、吉原という非日常の別世界において、あってはならないことなのだ。

少なくとも裄沢は、そうした感情を尊重しようという気持ちは備えていたのである。

五十間道《ごじっけんみち》（日本堤《にほんづつみ》の土手から吉原の大門へ至る曲がりくねった道）を道なりに進んで大門を潜ると、面番所から外を見ていた御用聞きの子分が裄沢に気づき、小さく頭を下げてきた。どうやら今のところ、鳴海は吉原には来ていないようだ。

久しぶりにお天道様が顔を出したからか、本日の仲の町は普段以上の人で賑《にぎ》わっているように思えた。ただし、各町の通りに並ぶ見世は昼見世（昼営業）を終えて夜見世まで束《つか》の間《ま》の休息を取っているところだから、今、仲の町を歩いている者のほとんどは単なる物見の客であろう。

水道尻《すいどうじり》（入り口である大門から見て、仲の町の突き当たり）まで至って、道を左手に採る。囲いの角地をまた左に折れれば、そこは羅生門河岸と呼ばれる安価な小見世の建ち並ぶ通りになる。

客や女郎の掛け合いの邪魔にならぬよう、裄沢は吉原を囲う塀のほうに寄ってゆっくりと足を進めた。見世の格子に近いほうを歩くと中から女郎がヌッと腕を伸ばして袖を摑み、客を中へ引きずり込もうとする姿が羅生門に出没した鬼のようだという喩《たと》えから、この場の名が付いたという。

邪魔にならぬよう、というのは己に対する言い訳で、そうした面倒は避けたい気持ちからの道の選びようだった。

が、それでも衎沢の前を塞《ふさ》ぐように立つ者が現れた。

「お客さん、そんなとこ歩いてねえで、遊んでいきなさらねえかい」

どうやら、客引きのようだ。

吉原もこの辺りの場末になると、昼見世と夜見世の間の休みもあまり気にはしないものらしい。まあ、全て自前で稼がねばお飯《まんま》の食い上げになるような暮らしであれば、そんな決まりごとなど気にならぬほど必死にもなろう。なにせ、久々に到来した梅雨の合間の晴れなのだ。

籬《まがき》のあるようなきちんとした妓楼では呼び込みの男がいるが、この辺りは自前で商売をして上がりの歩合《ぶあい》から店賃《たなちん》を払っている女郎ばかりのはずだ。おそらくは、そうした女郎の何人かと話をつけて、客を案内する代わりに揚代《あげだい》（女郎と遊ぶのに掛かる直接の代金。羅生門河岸のような安価な場所はほぼ揚代のみでも遊べる）のうちからいくらか手間賃をもらっているような男なのだと思えた。

「悪いが、ただの素見《ひやかし》だ。上がるのはまたにしよう」

　そう言って避けて通ろうとしたのだが、暮らしの銭が懸かっている男も簡単には引き下がらない。この辺りに入り込むにしては着ている物が上等な裄沢を、いいカモになると見込んだのかもしれない。

「まあ、そう言わねえで。こんなとこでも、いい女がおりやすぜ。あっしがこいらで一番、ってほどのいい妓《おんな》を見繕《みつくろ》って差し上げやすから」

　裄沢は、要らぬ、要らぬと相手にしないが、それでも諦めることなく纏わりついてくる。

「吉《きち》さん、いい加減におしよ」

　裄沢が困っているところへ、女が声を掛けてきた。吉さんと呼ばれた客引きが、裄沢の袖を離さぬままに女のほうへ顔を向ける。

「なんでえ、梶木屋《かじきや》の二分女郎《にぶじょろう》じゃねえか。こんなとこへ入《へえ》り込んで、こちとらの商売の邪魔ぁしてんじゃねえぜ」

　二分女郎というのは、揚代が二分の女郎のことである。太夫《たゆう》（十八世紀半ばごろまでの吉原の最高級女郎。大名も相手にしたため、文化的な素養《そよう》も非常に高かった）の制度がすでになくなったこの時代の吉原で、最高級の女郎は「呼出《よびだ》し昼三《ちゅうさん》」と呼ばれ、昼の揚代が三分（夜は割増になる）とされているところからしても、この女は高級女郎の仲間内に入る一人であろう（ただし実際に遊ぶには、他にも少なくない金が掛かる）。

確かに整《ととの》った顔立ちで、すっきりとした立ち姿をしている。

梶木屋の二分女郎と呼ばれた女は、「吉さん」のぞんざいなもの言いに怒りを見せるでもなく窘《たしな》めてきた。

「今日は着流しだけど、そのお方は面番所のお役人だよ。穏やかにお断りを口にされてるうちに手を引かないと。あんまりしつこいと、吉さん、番屋にしょっ引かれちまうよ」

吉さんは、「えっ」という顔になって裄沢を見直す。裄沢は苦笑しながら、己の身分を告げた。

「北町の隠密廻りをしておる裄沢だ」

「だ、旦那ぁ……そいつぁちょいと、人が悪《わり》いや」

聞いた吉さんはさっと裄沢の袖を離す。愛想笑いを浮かべて、どうにか逃れられぬものかと冷や汗を流している。

「成り立てゆえ、非番の日を利用して中のほうまで見ておこうかと思ってな。今日はこんな格好をしておった」

「吉原《なか》の中ですかい」

吉さんと呼ばれた男は、面白くもない駄洒落《だじゃれ》に自分で口の端をひくつかせた。

「さあ、旦那はお赦《ゆる》しくださったようだよ。これ以上邪魔をしちゃあ、旦那のご迷惑だ。さっさと退散したほうがいいよ」

梶木屋の女郎が、吉さんに助け船を出した。

吉さんは裄沢の表情を覗い、梶木屋の女郎の言い草を否定しないのを確かめてから、「ごめんなさい。大変失礼いたしやした」と大声で詫びつつ頭を下げる。

そのまま後ろを向くと、這々《ほうほう》の体《てい》で逃げていった。

「まあ、無理矢理引きずり込むようなあくどいマネまではしない人ですから、どうか赦してやっておくんなさい」

吉さんの慌てぶりに笑いを浮かべて、裄沢に言い掛けてきた。

「いや、もともと懲《こ》らしめようなどというつもりはなかったが――それにしても助かった。礼を申す」

「それこそ大袈裟ですよ。でも、四角四面のお役人でなくってよかった」

「廻り方には、そんな者はあまりおるまい」

「町方の旦那はそうかもしれませんけど、ただ見た目がご浪人さんだというだけだと、それこそ人によりますから。うっかり者の吉さんには、いい薬になったでしょう」

身分を隠すために身形《みなり》を変えてこんなところまで入り込む武家も、いないわけではないという話だろう。

「ところでそなた、二分女郎となればそこその見世の者であろう。どうしてこんなところへ」

「あい、あちきは江戸町《えどちょう》一丁目の半籬《はんまがき》、梶木屋の狭衣《さごろも》でありんす。町方の旦那、以後よしなに願いんす」

吉原で籬のあるきちんとした妓楼は、大きいほうから順に惣籬《そうまがき》、半籬、惣半籬《そうはん》と呼ばれていた。一般には、呼出し昼三に代表される花魁《おいらん》（高級女郎。本作においては個室を与えられる「部屋持ち」以上の女郎のこと）の数も、見世が大きいほど人数が多くいるものだ。

吉原の男に声を掛けるために普通の言葉遣いをしたことから、その後の裄沢との会話でも、それまでと同じ話しぶりを続けたのであろう。名乗るにあたり、狭衣という女郎は急に廓言葉《くるわことば》になって裄沢にしなを作ってみせた。

吉原の遊女が独特の廓言葉を話すように楼主たちから仕向けられるのは、地方出身者が多いことから訛《なま》りで客を白けさせぬためだと言われる。狭衣がごく普通のもの言いで祐沢と話せているのは、出自が江戸かその近郊だからであろう。もし自分の見世の者でなくともそれなりの立場にある人物に見つかれば、お叱《しか》りは免れまいと思うのだが、そうしたことを微塵《みじん》も気にする素振《そぶ》りがない。

「俺の顔を知っていたのは、そなたの見世が江戸町一丁目にあるからか」

「はい。今度新しい町方の旦那がいらっしゃるということで、どんなお方だろうかとこっそり覗いたことがありまして」

狭衣は、また普段使いの言葉に戻してぺろりと舌を出す。この先も客にはならなそうだし、気さくな旦那のようだからいいだろうと思ってくれたようだ。

吉原の中は、大門を潜って右手が江戸町一丁目、揚屋町《あげやまち》、京町《きょうまち》一丁目、左手が伏見町《ふしみちょう》、江戸町二丁目、角町《すみちょう》、京町二丁目という並びになっていた。江戸町一丁目は面番所のはす向かいに通りがあるから、仲の町との境の木戸からそっと覗くには都合がよかったのかもしれない。

「で、こんなところまでわざわざ来たのは？」

「女郎は籠《かご》の鳥《とり》ですからねえ、廓の囲いの外には出られませんので——だから、廓の中は結構よく歩くんですよ。今日あたしは、九郎助《くろすけ》のお稲荷《いなり》さんにお礼参りをしようと出てきたとこでしたんで」

吉原の囲いの四隅には、いずれにも小さな稲荷社が置かれていたが、その中で羅生門河岸奥の九郎助稲荷が、女郎たちから一番信仰を集めていた。

「お礼参りとは、何かいいことでもあったのか」

「あたしも来年で二十八になります。この歳まで元気でやってこられたのも、お稲荷さんの御利益《ごりやく》があってこそですから」

江戸幕府は、人身売買を禁じていた。吉原への「身売り」は人身売買と見紛《みまが》うばかりの一生奉公と解されかねないが、これを避けるために吉原では「女郎の年季は二十七の歳まで」と定めて証文を取り交わしていたのである。

もっとも、妓楼で遊女に支給されるのは最低限の衣食のみであり、稼ぎが悪ければ借金が増えていく仕組みになっていた。二十七の歳を超えても、妓楼に対する借財が残っていれば、その分だけ年季は延びていったのである。

狭衣は、借金なく無事に年季明けを迎えられる女郎なのであろう。

「御利益もあろうが、そなたが真面目に勤めを果たしたからこそであろうな」

「これでもいろいろと苦労してきたんでござんすよ。今年の正月の着物の支度だって、どう算段したものかと散々に悩みましたしねえ。そこへ旦那さん（楼主）が『困ってるなら貸してあげるから』なんぞと珍しく猫撫《ねこな》で声《ごえ》で甘い言葉を掛けてきたりしましたしねえ」

無論のこと、そこで借りてしまえば借財ができて年季が延びてしまっていたはずだ。

「それでもどうにか凌《しの》げたのならよかったな。まあ、楼主が金を貸してでも見世に残ってほしいというなら、そなたはそれほど望まれる人物だということであろうしな」

去られてしまうと見世の痛手になると思わせるような妓《おんな》でなければ、楼主もそのようなことを言い出しはすまい。床上手《とこじょうず》かどうかは知らぬが、さっぱりとしたもの言いで客にも好まれるような気立てだというのは、こうやって話していてもよく判る。

狭衣は、「人物だなんて、どこの偉い人のこと？」とケラケラ笑っている。

「まあ、来年の正月には、そのように悩むこともなくなっておるならいいではないか」

当時の年齢表記は数え年で、正月を迎えるごとに皆がいっせいに一つ歳をとることからの言いようである。

「名残惜《なごりお》しいとお思いでしたら、どうか梶木屋までお越しくださいな」

「そうしたいところだが、貧乏同心だとなかなか手許不如意《てもとふにょい》でな」

「あら、肩で風切って歩く廻り方の旦那が何をおっしゃってるんで——わちきは体《てい》よく振られたでござりんすなぁ」

「肩で風切ってというのは、長年定町廻りを勤めて多くの出入り先を持っておる者のことであろう。生憎《あいにく》俺は、つい先日までずっと御番所の中で書付《かきつけ》相手に筆を取っていただけだったのでな。そっちのほうとは、トンと縁がないのだ」

「なら、そういうことにしておきましょうかねえ」

「休みの間なのに、足を止めさせて悪かったな」

「いえ、旦那とのお話は楽しゅうござんした——それでは、あたしはこれで」

「ああ、残りの勤めも、身体を大事にな」

「はい、ありがとうござりんす」

言い合って別れたのだが、すぐに後ろから「旦那」と呼び掛けられた。振り向いた裄沢に、離れて足を止めた狭衣が言う。

「お手許不如意の言い訳はなされましたけど、振ったのを違うとはおっしゃいませんでしたねえ」

「いや、それは――」

「よござんすよ。惚《ほ》れたの腫《は》れたの、『お前だけ』だの、嘘ばっかりのこんなところで、最後の年に気持ちのいいお方にお会いできましたから」

笑顔で言って、そのままもう振り向くこともせずに去っていった。

裄沢も己の向かうほうへ顔を向け直したが、その口元にはほんのわずかな笑みが浮かんでいた。

四

それから月番が明けて「市中を彷徨く」日々が始まり、またひと月経って月番が到来した。

裄沢が吉原の面番所に立つのは、おおよそは吉原の妓楼がその日の商売を始める午《うま》の刻《こく》（正午）以降であるが、毎日決まった刻限にいるというわけではない。この日は朝早く目が醒《さ》めたこともあって、気紛《きまぐ》れで早朝から顔を出してみたのだった。

無論のことこんな朝早くから妓楼は開いていないが、中で使う品を積んだ荷を運ぶ者や吉原の外に住まいがあって勤めに出てきた者など、それなりに通り過ぎる者はいる。なにしろこの吉原には、普段使える出入り口はこの大門一つしかないのであるから。

裄沢が面番所から仲の町の通りへ出て空を見上げると、からっと晴れ渡った雲一つない晴天である。

「朝から堪《たま》らんな」

思わず愚痴が口から零《こぼ》れた。まだまだかんかん照りの日が、しばらくは続きそうだ。それでも昨年よりはマシかと思えたのは、去年の夏には怪我をした来合の代理をしていて、陽光が容赦なく降り注ぐ中、毎日市中の見回りを行っていたからである。

今年もその時期には「市中を彷徨」いていたのではあるが、決まった順路をきちんと消化しなければならない市中巡回とは違い、途中嫌になればいくらでも休息が取れるというだけで心持ちは違ってくる。それに、ひと月経てばそうした「仕事」ともいったん離れられるのだから、その意味でも気持ちの上での区切りはつけやすかった。

今の時期、初秋を迎えたとはいえまだまだ残暑は続いているが、早朝の今ごろは風に幾ばくかの涼しさを感じるようになった気がしないでもない。それでも、いつまでも陽に照らされていたくはないと、早々に面番所の建物の中へ戻ろうとした裄沢の目が、江戸町一丁目の木戸から顔を出した二人の姿を捉《とら》えた。

これが、衣々《きぬぎぬ》の別《わか》れというヤツなのであろう。朝帰りをする客を、相方を勤めた女郎が見世の外まで出て見送ろうとしていた。

どうやら女のほうは、いつぞや羅生門河岸で客引きに捉まりかけた裄沢を、助けてくれた狭衣のようだ。

ただ、見世の戸口まででではなく仲の町に行き当たる木戸のところまでというのは、あまりやらないことのような気はするが。

まあ、もうすぐ年季明けということで、見世もうるさく締め付けるようなことはしないのであろう。二人の様子を見ても、ずいぶんと仲睦《なかむつ》まじそうではあるし。

風の具合か、二人のやり取りが裄沢の耳にまで微《かす》かに届いた。

「あと少しなんだから、こんな無駄遣いしちゃだめだよ」

「判ってるけど待ちきれなくって、気がついたらこんなとこまで来てたんだ」

「もう。次にまた来ても、追い返すわよ」

「判った。我慢する」

そう応えた客のほうは、狭衣の手を両手で握った後、背を向けて足早に歩き出した。背中に未練を残していないというよりは、これからの戻りだと刻限に遅れそうなことを気にして焦っているように見えた。

狭衣は、去っていく客の姿を木戸のところに立ってずっと見送っている。

面番所の中に引っ込んだ裄沢のすぐ前を、狭衣の客が通り過ぎていった。歳は狭衣と同じほどか。身形からして、ようやく一本立ちしたかどうかというぐらいの職人に見えた。

その客の男は、大門の前で一度振り返り、まだ木戸のところに佇んでいる狭衣に何か言いたそうにしながらも口は開かず、門外の道のほうへ向き直ってそのまま歩み去っていった。

裄沢が面番所の窓格子から江戸町一丁目の木戸のほうへ目を向け直すと、客の姿はもう見えないにもかかわらず、狭衣はまだその場に留まったままだった——が、どうもその視線は面番所の中の裄沢に向けられているように思えた。

桁沢と視線が合ったことに気づいたか、狭衣は笑顔で手を振ってくる。

頭を下げてきたぐらいならともかく、そうまでされては隠れて覗いていたような居心地《いごこち》の悪さを覚えて、桁沢は建物の表へと出た。

それでもなお狭衣がその場から動かないのを見て、足をそちらへ向けてみた。

狭衣は、桁沢が自分の所までやってくるのを待っていた。

「お早う」

「はい、お早うござりんす」

話の接《つ》ぎ穂《ほ》が見つからず、そうなると今見たものに触れぬのもどうかと思って口にする。

「あれがそなたの間夫《まぶ》（遊女の情人）か」

「間夫だなんて……ただの、幼馴染《おさななじ》みですよ」

「年季明けには、あの者と？」

狭衣は、嬉《うれ》しそうに頷いた。そして、桁沢が隠した案じ顔に気づく。

遊女は、食事については妓楼から支給され、あるいは客の相伴《しょうばん》をして済ませる。部屋の掃除も洗濯も繕《つくろ》い物も、自分で手を出すことはない。

しかし吉原から出て暮らすとなれば、お妾《めかけ》となるか富裕な商人の妻にでもならない限り、炊事洗濯その他の家事は全て自分の手で行わなければならなくなる——何の経験も積んでいない者が、三十近くになって初めて手を染めるとなれば、まともにできるようになるまで多くの時間と苦労が必要になるのだ。

つましい暮らしをしている庶民の家で、女房がそれをきちんとこなせるようになるまで待てる亭主は少ない。できるようになるまで努力を続けられる元遊女も、さほど多いとは言えない。

裄沢の覚えた懸念は、そういうものであった。

が、狭衣は明るく答えてきた。

「我が家《うち》はあたしが小さいときからおっ母《か》さんが病で寝込んでて、食事の支度から掃除洗濯、何でもやってましたから。ここを出ても慣れるまで少しは掛かるかもしれませんけど、どうにかなると思います」

「そうか、そんな苦労をしていたのだな」

「おっ母さんの薬代《やくだい》の足しになればとこの途に入りましたけど、あたしが身を売ったぐらいのお金じゃあ、一年かそこいらお迎えが来るのを遅らせるのがせいぜいで」

「年季が明けたら、母親の墓参りにも好きに行けるようになるな」

狭衣は、「はい」と屈託《くったく》のない笑顔を見せる。

梶木屋の楼主からは、ことあるごとに「見世に残らないか」と口説《くど》かれていた。昨夜の清《せい》さんの登楼も陰でいい顔はされていなかったから、当人に会えたのに暗い顔にならないように努《つと》めねばならなかった。だから、あんな言い方になったところもある。

そんなモヤモヤした気持ちをみんな洗い流してくれるような実《じつ》のある言葉に、狭衣は、心がほんのり温まった気がした。

「そなたほどの遊女が身を寄せる先は、富商か親方と呼ばれるような職人なのかと思っておったが」

「びっくりなさいましたか？　そういうお方からのお話も——年季が明ける前の身請《みう》け（遊女の妓楼への借金を肩代わりして引き取る）話《ばなし》も含めて、いくつかありましたけど。

あの人も、大年増《おおどしま》な上にこんな身体になったあたしなんか待たずに、さっさと所帯《しょたい》を持っちまえばよかったのに。昔っから、こうと決めたら誰の言うことも聞かないぐらい頑固《がんこ》な人だったから……」

ここにいない相手を非難しているような口ぶりだが、そこには別な感情が籠もっている。

長年過酷な労働をこなした後に遊女から足を洗った者には、身体を壊して早世する事例が少なくなかった。子供も生まれにくい体質になってしまうようで、年季明けで所帯を持ってから出産した者は、十人に一人ほどとも言われていた。

狭衣が自嘲《じちょう》した「こんな身体」とは、そういう意味であろう。

「新たな暮らしを好きな者と営《いとな》むとなれば、これまでとは違った張り合いも出よう。気持ちが新たになれば、生きていくための気合いも入るというものだ。

余計な憂《うれ》いを抱えるなど、それこそ無用の振る舞いだぞ。まずはゆったりと、身体を労《いたわ》りながら、焦らずじっくりこれからの暮らしを楽しんでいくことだ」

「はい、ありがとう存じます」

狭衣は、裄沢からもらった言葉をじっくりと噛《か》み締《し》めているようだった。

それからまた南町へと月番が替わり、さらにもう一度北町奉行所が月番となる長月《ながつき》（陰暦九月）に至った。

その話が耳に入ったのは、裄沢が非番明けで吉原に顔を出したときのことだった。少々慌ただしい様子が見える面番所に何ごとかと急いで踏み入ってみれば、本日は顔を出さないだろうと思っていた同役の鳴海が、中で御用聞きに指図をしているところだった。

「枕探《まくらさが》しですか」

鳴海から事情を聞いた裄沢は、呆れ声を発した。

枕探しとは、宿で相部屋《あいべや》になった客が深夜熟睡している隙《すき》を狙って、金品を盗み取る泥棒のことである。早朝の、まだ被害者が寝ているうちにそっと部屋を出て、そのまま宿を早発《はやだ》ちして逃走するのが常套手段《じょうとうしゅだん》だ。

鳴海によれば、その枕探しが吉原の妓楼で出たと言う。

件《くだん》の枕探しが出たのは、江戸町一丁目の半籬《みせ》であった。馴染《ふり》みでもない客であるコソ泥程度が相手をしてもらうとなれば「見世持《も》ち」で、部屋は当然廻《まわ》し部屋《べや》となる。

なおここでは、見世持ちという言葉を「妓楼において花魁の下の階層にあたる女郎」を指す用語として使っている（厳密には意味の違うところもあるのだが、この階層の遊女は単に女郎とか女中などと呼ばれていたらしく、紛らわしいのでそういう設定とさせていただいた）。

また廻し部屋というのは、数人から十数人の見世持ちが共同で生活する広い座敷のことであり、客も屏風《びょうぶ》を立て回したこの部屋の中で取る。同じ部屋に何人もの客がいることになるから、枕探しにとってはそのほうが都合がよかったとも言えよう。

花魁の下に位置する、こうした扱いをされる見世持ちの場合は特に、ひと晩に複数の客を相手にする「廻し」をさせられることが少なからずある。彼女らの住まう部屋の名称からして、それを前提にした扱いだからという見方もできよう。

ただし女郎の側からしても、こうした「廻し」を真面目に全てこなしていたのではとうてい身体が保《も》たない。適当に間引いてお勤めをこなし（つまり一部の客はすっぽかし）、見世のほうでもある程度までならそれを容認していた。

客のほうからすると、期待に胸脹《ふく》らませてやってきたのに独り寝をさせられ、しかも揚代は通常どおり請求されるのだから堪《たま》ったものではないが、これは「振られる」と称して吉原ではごくありがちなこととされていた。

そんな扱いを受けても、あまり強硬な苦情を入れるのは「野暮《やぼ》」とされていたし、馴染みでも女郎が嫌な客だと思えば振られる頻度《ひんど》が増えるから、苦情を言っている自分が他の客からそう見られるかもしれないという懸念が生ずる。

そこで、相方となる女郎には優しく接し、万一振られても見世に皮肉を一つ吐くぐらいで済ませる者がほとんどであった。にもかかわらず強く食って掛かるような者は吉原《さと》の常識《あたりまえ》を知らぬ田舎者《やまだし》だと嗤《わら》われるから、ますます強い苦情は口にしづらい風潮があった。

　枕探しはその晩、振られたのか、あるいは相方となった女郎に優しいところを見せてすぐに解放してやったのかは知らぬが、ともかく仕事をしようとなったときには独り寝をしていたようだ。

　深夜になってこっそり起き出し、周囲の気配を探ったものの、同じ部屋のあちこちでまだ「おしげり」中だったりした。期待にはほど遠い稼ぎにしかならなかったため、欲を掻いた枕探しは他の廻し部屋も探ることにした。

　吉原では河岸見世などの下級で安直なところは別にして、妓楼の客は全て二階に上げられる。廻し部屋も当然二階にあるのだが、宿場町の旅籠《はたご》などとは違い、吉原の妓楼の二階には深夜でも人の目があった。

　まずは遣手《やりて》や遣手婆《やりてばば》ぁなどと呼ばれる年配の女だが、女郎の教育・指導を任されていることから、女郎が客にどういう接遇《せつぐう》をしているのか、夜中まで起きて注意を払っていることがあった。

　次に廻《まわ》し方《かた》と呼ばれる男の奉公人だと、女郎のいる部屋までの案内をはじめ見世側としての客との応対のほぼ全てがその仕事になっている。前述のように「振られた」客からの苦情の受け付けや、そういった客のところへ向かうように女郎を説得・催促《さいそく》するのも仕事のうちとなり、深夜まで起きていることになる。

最後は不寝番《ねずのばん》で、火の用心や、客を通す女郎の部屋の行灯《あんどん》の油を絶やさぬようにすることを求められているため、元々が宵《よい》の口《くち》から夜明けまでの仕事であった。

これらのうち、誰が枕探しに気づいたのかまでは聞かなかったが、不審に思った奉公人はすぐに声を掛けずに様子を探り、泥棒だとなって初めて声を上げたのだ。

枕探しが新たに忍び込んだ廻し部屋には、町火消しの面々が仲間内で誘い合ってやってきていたらしい。枕探しはたちまち捕らえられ、「太《ふて》え野郎だ」と吟味方の責め問いも色褪《いろあ》せて見えるほどボコボコにされたという。

五

「それが、昨晩の出来事ですか」

「ああよ。今朝一番で、八丁堀《はっちょうぼり》の俺《おれ》の組屋敷《とこ》に知らせが飛び込んできやがった。もう盗人本人は引っ括って番屋へ送らせたから、後《あた》ぁ当人をそっから大番屋へ連れてくだけさぁね――そっちはおいらがやるから、お前さんにゃぁいつもどおり面番所《こ こ》での立ち番を頼もうかね」

吉原の者らからすれば長い付き合いのある鳴海のほうがご注進しやすかったのは仕方がないとして、自分のほうにも立ち寄るぐらいはしてほしかったというのは、己の心の中だけの思いだ。

捕らえた枕探しを先行して番屋へ送っていながら鳴海がまだ残っていたのは、見世の者などから事情を詳しく聞いて状況を整理するためであろう。自分でやるつもりなのか吟味方に任せるつもりなのかはともかく、小伝馬町の牢屋敷に収《しゅう》監《かん》するための入牢証文《じゅろうしょうもん》を請求するには、そこまでやっておく必要があるのだ。

「判りました――で、賊が出たのは江戸町一丁目の半籬と聞きましたが」

「ああ、梶木屋って見世だな」

「梶木屋に……」

狭衣がいる見世である。枕探しがあったのは廻し部屋だと聞いているから、二分女郎である狭衣と直接の関わりがあるとは考えづらいが、何か嫌な予感がした。

その場に残る自分や御用聞きらに慌ただしく指図をして、枕探しを留め置いている番屋へ急ぎ向かう鳴海の背を、裄沢は黙って見送った。


狭衣が自身の勤める梶木屋の楼主に呼ばれて内証《ないしょう》（楼主の居間）へ足を運んだのは、枕探しの騒動もようやく落ち着いた、夜見世前の休みの間だった。狭衣が顔を出すと、そこには楼主夫婦の他に、遣手のお斤《きん》の姿もあった。

「旦那さん、何かわちきに用でありんすか」

狭衣は、その場に顔を揃えた面々の様子を見ながら不安げに問う。

ああ、まずはそこへお座り、と誘った楼主は、狭衣が自分の前に腰を下ろすのを見ながらおもむろに告げた。

「実はな、先日の枕探しの件なんだが」

「はい」

「梶木屋《うち》で泥棒騒ぎがあったとなれば、お奉行所から呼び出しがあって出向かなきゃならない」

「はい……」

「そこで狭衣。そなたがあの枕探しの相方を勤めた女郎だということにして、あたしらと一緒に御番所に行っておくれ」

「ですが、実際泥棒さんの相手をしたのは、鈴音《すずね》さんでは……」

狭衣が疑問を口にすると、横合いから遣手のお斤が叱りつけてきた。

「いいから、あんたは黙って旦那様の言うとおりにしてりゃいいんだよ。それとも何かい、痛い目に遭わないと、言うことが聞けないとでもいうのかい」

遣手は女郎の教育係だが、客のつかない女郎を行灯部屋《あんどんべや》（外光の入らない暗い部屋）に閉じ込めて、ただでさえ粗末な食事をいっさい与えなかったり、怠《なま》けた女郎を縄で縛って吊《つる》す、棒で叩くなどの折檻を加えたりする。遣手は女郎上がりのする仕事で、お斤もそうなのだが、元の同輩とは思えないほどに酷い苛《いじ》めをする女だった。

そんな遣手に凄《すご》まれて、口答えなどできるはずもない。俯《うつむ》いて「判りんした」と応諾《おうだく》するよりしようはなかった。

楼主は、その返答を聞いて満足したようだ。「話はそれだけだから」と狭衣を解放した。

楼主たちに退去の挨拶をして廊下へ出た狭衣は、「いったいなんで、鈴音さんじゃなくて私が？」と再び疑問に想いを巡らせる。

——まさか！

思いついた理由の先に待つ出来事を想像して、暗澹《あんたん》たる気持ちに思わず足が止まった。


桁沢の覚えた予感は、不幸なことにほどなく現実となったようだった。

「梶木屋の狭衣が引き合いに？」

「へえ。そう聞いておりやす」

面番所で桁沢の問いに答えたのは、御用聞き・袖摺の富松の子分、民助である。今は、番屋にこの二人しかいない。

吉原の妓楼・梶木屋で捕らえられた泥棒は吟味を終え、お白洲《しらす》が開かれることになった。その場には当然、関わり合った者に事情を訊くため証人が呼び出される。これを当時は、「引き合いに掛ける」と言った。

「なぜ、二分女郎の狭衣が枕探しのお白洲に呼び出されるのだ」

「いや、そこまではあっしも……」

わずかに考えた桁沢は、民助に対して告げた。

「悪いが、富松を含めたそなたらで少し事情を探ってはもらえぬか。実際に狭衣が枕探しと関わっておったのか、おったならそれはどういう関わり合いか。もし本当は関わりがないというなら、なぜに狭衣は引き合いに掛けられるのか。

もし裏に見世が誤魔化したいような事情が何か絡んでいるなら、俺が大っぴらに動いて気づかれたのでは真相を隠されてしまうやもしれぬ。そなたらにとっても、難しい探りになろう。面倒な頼みごとだが、受けられるかどうか富松に相談してはくれぬか」

相手への配慮をした上での桁沢の依頼に、民助は迷うことなく即答する。

「へい、承《うけたまわ》りましてございやす――旦那にゃあ、巳三《みぞう》の仇《かたき》を取ってもらったってえ、返しきれねえご恩がございやす。うちの富松《おやぶん》だって、あっしの話を聞きゃあ一も二もなくお引き受けするはずにございます。

もしここでご返答できねえで親分とこへ持ち帰ったりすりゃあ、あっしゃあ親分に本気で怒られて放り出されちまいまさぁ」

巳三とは、先般の辻斬りの一件で尾行を相手に覚《さと》られ斬り殺された、民助の同輩であった。表沙汰にはなっていないが、その辻斬りを始末するのに桁沢が大きな役割を担ったことを、富松やその主《おも》だった子分たちは知っている。

「そうか。手数を掛けるが、よろしく頼む」

裄沢にすれば、そう述べて頭を下げるしかない。


その二日後。民助からこれまでの調べで判明したことについて報告を受けた裄沢は、面番所を後に吉原から出ることにした。

大門を潜り五十間道へ踏み込んだところで、背中から声が掛かる。

「面番所を空《から》にして、いってえどこへ行くつもりだい」

振り返ると、大門そばの外茶屋《そとぢゃや》の壁に背を預けた男が裄沢のほうを見ていた。

富松やその子分らの調べは昨日までは順調だったものの、一夜明けたとたんに急に話を聞こうとした相手全員の口が重くなったという。早くも、妓楼のほうから手が回されたのだと思われた。

だから自分でも動くことにしたのだが、そうなればこの人物が顔を出すのも予測の内だった。

「鳴海さん、ここで何を？」

「先に問い掛けたなぁ、おいらのほうだぜ」

「鳴海さんからは、ここでの立ち番は午《ひる》以降夜の四つ（午後十時ごろ）までを主に、自分で刻限を決めて勤めればよいと聞いています。なればいっときはずして、調べ物をしようかと」

「隠密廻りは、お奉行の命を受けて各々《おのおの》勝手に動くことが当たり前にあるから、お前さんのその調べ物ってえのが何か、訊くつもりゃあねえ。けども、一つだけ確かめておきてえ。

　お前さんがやろうとしてんなぁ、吉原《こ こ》の決まりごとに逆らうようなモンじゃねえよな？」

「鳴海さんは、こうもおっしゃっていたはずです――看過《かんか》するのはお上の黙認の下で連中が内々で取り決めてやってることだけ。ご定法《じょうほう》に背くことだとなれば、いっさい容赦はしない、と」

「おいらはこうも言ったはずだぜ。吉原ってとこは、自分らで取り決めた独特の仕来《しきた》りで動いてる。そいつをよく噛《か》み熟《こな》すまでは大人しくしてろ、ってな。

　今のお前さんは、もうここの有りようを熟知しちまったって言えるのかい？

もしそうじゃなきゃあ、下手な動きは手前の首ぃ締めることになるぜ」

「それは判っているつもりです」

「判ってながら、やってると？」

「はい。いざというときの覚悟は、いつでもできているつもりでおります」

「……おまえさんがこんなつまらねえことに、なんで入れ込むのか、おいらにゃあ理解がつかねえけど、そこまで言うなら止めはしねえ。けど、吉原からぁお上に多額の上納がなされてるってこたぁ忘れねえこった。

お前さんが下手ぁこいて御番所を去ることになろうが、そいつぁお前さんの自業自得《ごうじとく》だけどよ、万が一お前さん一人で留まらねえほどの失敗《しくじ》りやらかしたときゃあ、責めはお奉行様まで行っちまうかもしれねえ。そんなことにだけゃあ《だきゃあ》はならねえように、おいらは祈ってるぜ」

「はい。ご忠告、ありがとうございました」

表情を変えずに頭を下げる裄沢を、鳴海はじっと見つめた。踏ん切ったように視線をはずす。

「じゃあな」

大門のほうへ向かって、足を進め始めた。

裄沢はその後ろ姿に、もう一度頭を下げた。

六

町奉行所では毎日いくつものお白洲が開かれ、お裁きが下される。その日のお白洲での詮議《せんぎ》には、吉原江戸町一丁目の妓楼で起きた盗みの一件が含まれていた。

お白洲へ出頭するのは、咎人《とがにん》として捕らえられた男だけではない。どのような罪を、どのように犯したのかを明らかにするため、咎人や犯行に何らかの関わりを持った者らも証人として喚問《かんもん》される。

お白洲に町奉行が直接出座するのは、最初に咎人へ認否を問うときと、最後にお裁きを下すときの多くて二度のみである。こたびの窃盗のような軽い罪の場合には、一度も立ち会わないのが普通のことであった。

その代わりに罪科《ざいか》の有りようを調べ、場合によっては最後のお裁きも下すのは吟味方与力の役回りとなる。

町奉行が臨席する際は、奉行所の建物南東側一番奥の裁許所《さいきょじょ》と呼ばれる座敷前の廊下に座す。咎人を引き据えるお白洲も相応の広さがある場所になっている。

一方、吟味方与力が詮議をし、場合によってはお裁きも下す場所は、裁許所より手前に複数並ぶ詮議所《せんぎしょ》と名付けられた座敷とその手前の廊下になる。詮議所のお白洲は比較的狭く、お白洲を挟んだ詮議所とは反対側になる場所は、公事人溜《くじにんだま》りと呼ばれる証人や訴訟人らの待機場所となっていた。

そこに、梶木屋からやってきた一行の姿もあった。

こうした場にもそれなりに慣れているのか、楼主や吉原江戸町の町名主の手代、遣手が世間話に興ずる一方、伴われてきた狭衣は青白い顔をして俯いていた。お供をしてきた見世の若い衆《わかいし》二人は、楼主らに気づかれないよう気にしながら、心配そうに狭衣をちらちら見ている。

遣手のお斤が、暗い顔の狭衣を眺めて声を掛けた。お斤も元女郎であるが、商売替えをしたときに本名に戻っていた。

「どうしたえ、狭衣。あんた、吉原から出るのはずいぶんと久しぶりだろ。ならもっと景気のよさそうな顔をして、周りの皆さんにお愛想でも振り撒いてみな。こんなとこに来て商売を休んでるんだから、少しでもお見世の役に立たないと」

そう叱られても、まともに顔を上げることもできずにいる。

狭衣の様子に舌打ちする遣手を、楼主が宥《なだ》めた。

「お斤、まあそう言っておやりなさんな。自分らのお裁きじゃあないとはいえ、これからお白洲でいろいろと訊かれることになるんだ。狭衣だって、怖くなって当然だろうさ。

でもな、狭衣。あたしたちがお咎めを受けようってんじゃないんだ。そう硬くならずに、これも勉強だと思ってよく周りを見ておくことだ。女郎がお白洲に呼ばれるなんぞというのは珍しいことだから、この先の客との話の種にもなるだろうしな」

「！」

――「この先」って、旦那さんはやっぱりあたしを年季明けで外に出すつもりなんかないんだ……。

狭衣は一瞬顔を上げて楼主を強い目で見たが、すぐに表情を消してまた視線を落とした。

言いたいことはたくさんある。けれど、それでどうなるものでもないという諦めが、吉原で過ごした長い年月の間、知らず知らずのうちに狭衣の心に深く沁《し》み込んでしまっていた。

掛《かかり》の同心から、梶木屋一行を呼び出す声が発せられた。

「さあ、出番だ。行ってさっさと済ませようか」

梶木屋の楼主は、狭衣から睨むような目で見られたことなどなかったかのような顔で皆を促した。


一行がぞろぞろとお白洲へ入ってくると、お白洲と向かい合う詮議所前の廊下には吟味方らしき町方役人がズラリと並んでいた。その背後には物書《ものかき》（書記）役らしき同心の姿も見えた。

梶木屋の面々はお白洲で二列横並びになり、敷かれた筵《むしろ》に座して手をつき頭を下げた。

頭上から声が掛かる。

「面《おもて》を上げぃ。本日お白洲を取り仕切るは、吟味方本役《ほんやく》与力・甲斐原之里様である」

声に従い顔を上げれば、居並んだ吟味方の中央に座す男がこちらを見下ろしていた。並んでいる中では一番若いようにすら見えるのに、本役なればすでに吟味方与力でも一番上の役格《やくかく》にあるということになる。楼主は、気を引き締めて詮議が始まるのを待った。

楼主が一瞬感じた不安をよそに、詮議は滞《とどこお》ることなく進んでいく。

一見《いちげん》の（初めて見世を訪れた）客であった枕探しが登楼しようとして、選ぶ見世と当人の身形が釣り合っていないために客引きと少々揉《も》めたところから、盗みが発覚して捕らえられるまでの推移の一つひとつについて、先に奉行所が調べたことを介添《かいぞ》えの吟味方が読み上げ、内容に間違いがないか甲斐原が楼主らへ確認する形で進行した。

ひととおり確認が終わったかと思ったところで、甲斐原が突然、楼主以外の者へ直接声を掛けた。

「さて、そこな狭衣とやら。そなたがこたびの一件を起こした咎人の相手をした女郎ということで間違いないか」

狭衣は掠《かす》れた小声で何か言ったが、その声は段上の者らまで届かなかった。

「もそっと大きな声で、ハキと答えよ」

「っ、――知りんせん！」

甲斐原の注意に、狭衣は自棄《やけ》になったような大きな声を発した。

脇から遣手のお斤が申し添える。

「お役人様に申し上げます。確かにこの狭衣が、盗人の相方を勤めた女郎にござります」

吉原の女郎が引き合いに掛けられ、町奉行所へ出頭したときには、当人への質問には全て「知りんせん」と答えさせ、代わりに遣手が代弁で返答するということが行われていたと言う。女郎には、教育の程度や心理的圧迫から、こうした場でまともな受け答えができない者が多いために認められた慣行であろう。

問いはこれだけで終わるか、あるいは相方を勤めた者ならではの証言があるかの質問が来るだろうと楼主は思っていたが、甲斐原が次に口にしたのは予期せぬことだった。

「はて。こちらの調べでは、そなたは二分女郎となっておるが、それに相違ないか」

狭衣は自身で答えようかという素振りを見せたが、出てきたのはやはり「知りんせん」のひと言だけだった。

代わりに答えるべき遣手は、どうすべきかと楼主の顔色を覗う。吟味方与力が「こちらの調べでは」と言っている以上隠し立てはできまいと、楼主は苦い顔で微《かす》かに頷いた。

「か、代わりにお答え申します。狭衣は、確かに二分女郎にござります」

間が空いたことに慌てて、遣り手が甲斐原へ返答した。

「さようか。しかし妙じゃの……盗みは、隣り合うふた座敷の廻し部屋で行われたとなっておる。盗みの有りようが枕探しの類《たぐい》なれば、これは当然のことであろうな。

しかしながら狭衣が二分女郎となれば、座敷持ちなのではないのか――半籬の梶木屋では、二分女郎に廻し部屋で、身形も怪しい一見《いちげん》の客相手に廻しをさせるのか」

たとえ昼三であったとしても、馴染みの客が重なれば廻しを取らせることはある。しかし、初めてやってきたどこの馬の骨とも判らぬ客の相手を花魁にさせるというのは、どう考えても奇妙な話だ。

御番所の白洲での問答がどれほど外に伝わるかは定かではないが、それでも見世の評判にも関わりかねないこの問いには、楼主が慌てて答える。

「確かに廻し部屋は見世持ちが客の相手をするところにございますが、客の入り具合によっては手が足りませず、部屋持ちなどにも手伝わせることがございます。あの日はこの近くを受け持つ町火消しの方々が仲間内で誘い合わせて来て下さったことなどもあり、見世持ちだけでは相手がしきれなかったのでございますよ」

どうにか上手く返答ができたと胸を撫《な》で下《お》ろしている楼主に、しかし甲斐原はさらなる問いを重ねる。

「それがしは、二分女郎の狭衣なれば座敷持ちであろうと申したぞ。誰も部屋持ちの話などしてはおらぬ」

「そ、それは……」

楼主は言葉に詰まった。

見世持ちよりも高級な遊女である花魁には、一分女郎、二分女郎、昼三などと呼ばれる当人の揚代だけで三分以上掛かる女郎の三種に加えて、最上級の呼出し昼三がいる。

部屋持ちとは、廻し部屋で朋輩《ほうばい》とともに住み暮らし客の相手をする見世持ちとは違い、自分だけの個室を与えられてそこで客の相手をする遊女のことで、一分女郎がこれにあたる。

座敷持ちになると、客の伽《とぎ》の相手をする部屋の他に、最初に迎え酒食の相伴《しょうばん》をするような客間も与えられる立場で、二分女郎以上のことを指す。

甲斐原は、部屋持ち（花魁のうちの最下層）がより下の層になる見世持ちの応援に出されるならまだしも、その上の階層である座敷持ちまで駆り出すようなことをするのか、ましてや素性も定かならぬふりの客相手に、と問うたのである。

甲斐原は、楼主の返答を待たずに自身の手許の書付へ目を落とした。

「そなた、当夜には火消しの連中が登楼しておったと申したな。こちらの調べでは、町火消し『ち』組の先代の頭がまもなく年季明けとなる狭衣に会いに行くのに便乗した組下の者どもが、そなたのところの廻し部屋に登楼《あが》ったとなっておるぞ。

先代の頭は、もう年寄りなので狭衣にひと晩添い寝をしてもらっただけだが、火消しだから元々寝起きはいい上に、歳を取って眠りが浅くなっておるゆえ狭衣が廻しを取るほど長いこと寝床から離れたら確実に気づいたはずだと申しておるそうな」

「！　どこからそのようなお調べを」

思わず漏らした問いに、甲斐原は厳しい目を向ける。

「我らがそなたらのところへ廻り方を貼り付けておくのは、仕事もせずに休ませておくためではないぞ。

楼主、こたびの泥棒の相手をしたのは、間違いなく狭衣か。そしてそなたのところは、別れを惜しんでひと晩買い切った上得意に断りもなく、相方の女郎を廻しに出すような見世なのか」

「そ、それは……」

楼主からは、意味のない同じ言葉しか出てこない。

「間違いなく狭衣であったと申すなら、ここに彼《か》の泥棒を連れて参ろうか。当人は相方になった女郎の源氏名《げんじな》まで憶えてはおらぬようだが、なに、まだ牢屋敷には戻さず御番所《ここ》の仮牢に入れ置いたままだ（白洲に呼び出される咎人は、その日の全員を一度に移動させるため、自身の出番が終わってもお白洲が閉じるまでは町奉行所内に設置された仮牢に留置される）。すぐにも連れてこられるゆえ、当人に狭衣の面を拝ませて問い質してみてもよいぞ——楼主、我らにそこまでの手間を取らせるか」

段上から甲斐原に睨みつけられた楼主は、もはや誤魔化しが利かないことを悟らされた。

「ええ……畏れ入りましてござります。何かの手違いで、狭衣を泥棒の相方と見誤ったかと」

「楼主！　そなた、御番所を愚弄《ぐろう》するかっ」

突然の大喝《だいかつ》に、楼主は頭を下げたまま縮こまった。甲斐原は、太々《ふてぶて》しい悪党と対峙したときのようなべらんめえになる。

「やい、忘八《ぼうはち》（妓楼の主のこと。人として備えておくべき徳や良心を全て忘れた者という蔑称《べっしょう》）。手前《てめえ》お上を舐めてやがんのか」

「そ、そんなことは……」

「そうじゃなきゃあ、いってえ何だってんでえ。あぁん？　泥棒の相方を勤めたのは狭衣でございと申し立て、ここまで引き連れてきたなぁ、他の誰でもねえ、手前のやったことだろうが。

御番所なんぞどうにでも騙《だま》くらかせると軽く見て、適当に目のついた女郎を見繕《つくろ》ってきやがったか。ええ？　どうなんでえ」

「いえ、決してそのような――」

「じゃあ、何かの魂胆《こんたん》あって、実際の相方勤めた女郎たぁ違う狭衣を連れてきたってことだよなぁ。楼主、いってえ何企《たくら》んでのことだ！」

「企むなどとは、滅相《めっそう》もないことで――」

「なら、なんだ。手前は見世持ちと二分女郎の区別もつかねえボンクラだってことか？」

「……お詫びの言葉もございません」

一拍空けた甲斐原は、口調を戻して問い質した。

「楼主。吉原から遊女が引き合いに掛けられてこうやって出向くとき、そなたらはそこで掛かった手間賃やら弁当代やらを、遊女の借金に上乗せするそうだな」

普通の町家で事件が起こったときも、お白洲で裁きとなって証人として喚問された場合は当人が出頭すればよいだけでなく、大家や町役人《ちようやくにん》、それに当人が商家の奉公人の場合はその店の番頭、職人の弟子ならば親方など、身元の保証人となる者らを伴って行かねばならなかった。

当日分の全員の弁当代や謝礼などは呼び出された証人の負担とされ、そのおおよその額は慣行により下限が設定されていたのである。

吉原の遊女が喚問された場合も当日の負担は借財としてその遊女に課されるのだが、その額は、この物語より三、四十年後の天保《てんぽう》期（おそらくは見世持ちなどの一般的な女郎の場合）で五両三分前後だったという資料がある。

「……それが、何か」

「こたび狭衣がここに連れてこられたは、楼主、そなたやそなたの見世の者の手違いで、本来なれば狭衣がここに来る要などなく、従ってそのための借財を負わされることもなかった――このことに、間違いはないか」

「仰せのとおり、手前どもの間違いにござりました」

「なれば、こたびの引き合いでの負担や、本来見世に出ていれば得られたはずの稼ぎなどと称して、狭衣が余分な借財を負わされるようなことにはならぬよな」

じっと黙って考え込んだ楼主は、肚《はら》を決めたようにグイと顔を上げた。

「お言葉ながら、女郎の稼ぎをどう立てるか、借財をどう数えるかは見世の判断にござります。吉原の決まりごとに反しておらぬからには、お言葉ですがお奉行所から口を出される筋合いはないと存じますが」

「おう、そうかい。なら、御番所が杓子定規《しゃくしじょうぎ》に御番所の決まりごとを当て嵌《は》めてお前さん方を罰しても、文句はねえってことだよな」

「ど、どういうことにございますか」

「どういうことだぁ？　――寝惚《ねぼ》けてんじゃねえぜ！

いいか、こたびの泥棒の一件のお裁きにゃあ、お前さん方の証言も加味してどうお裁きが下されるかが決められるんだ。その証言に嘘偽《うそいつわ》りがあったとなりゃあ、お裁きそのものがひっくり返《けえ》りかねねえんだぜ。そんなことをやっときながら、手前らは一つも罪に問われることなく、ノウノウと帰れるなんぞと思ってやがったか」

「そ、そんな。たとえ手前どもに間違いがあったとしても、それは泥棒の罪の軽《けい》重《ちょう》に関わるようなものではございますまい」

「御番所の判断を手前勝手に斟酌《しんしゃく》して軽々しいもの言いをするんじゃねえ！　いいか、手前らが嘘の証言をしたのを、そうと判ってながら見逃してお裁きを下すこと自体が絶対《ぜってえ》やっちゃならねえことなんだ。

　もしそんなことをしたのがバレてみろぃ。おいら一人のことじゃあ済まずに、お奉行様の進退にまでことが及びかねねえ大騒動になっちまうんだぜ――おい、梶木屋。もしそうなったら、お前の見世で責めが負えんのか？　あるいは吉原の決まりごとだそうだが、吉原がおいらやお奉行様、この北町奉行所《きたのごばんしょ》の代わりに責めを負ってくれるってえのか。はっきり答えてもらおうかい」

「そ、それは……」

「もし、違うと判ってて狭衣をここに連れてきたのが、余分な借財を負わせて無理矢理年季を延ばそうって悪巧《わるだく》みからだったってえなら、キリキリそう白状しねえ。ならばお叱りの上、お前の見世にゃあ過料《かりょう》（罰金）を申し付けることになろうさ。

けど、どうしてもただの間違いだったなんぞと抜かして認めねえなら、楼主、手前とそこの遣手は引っ括って、見世からも手前の女房と番頭は縄付きで連れてこにゃあなるめえ。後《あた》ぁ、どんな魂胆からこんなことしたのか、洗《あら》い浚《ざら》い吐き出すまでキッチリ責め問いに掛けてやるから覚悟しやがれ」

「そ、そんな――」

「そんなもこんなもあるかっ！　手前のやったことがどんだけ重い罪になるんか、こんだけ言ってやってもまだ判らねえか。

手前がやろうとしたこたぁ、お奉行様をはじめ、この北の御番所を貶《おとし》めて罪を着せようとした大悪事なんだよ」

「そ、そんな。手前にそんなつもりは――」

「どんなつもりだって一緒だ。手前が過《あやま》って町方役人を殺しちまっても、そんなつもりがなきゃあ罪に問われねえとでも言うつもりかい」

この時代には、過失致死《かしつちし》に相当する罪状はない。殺した相手によっては酌量《しやくりよう》される余地はあっても、その相手が親や雇い主、あるいは自分より身分が上の者となれば、意図して殺したのと区別されることなく厳罰に処される。

梶木屋の楼主はがっくりと肩を落とした。

甲斐原は嵩《かさ》に懸《か》かって「さあどうする」と責め立てる。

楼主は、あっさりと陥落《かんらく》した。もはや他に、どうしようもなかった。

「畏れ入りましてございます。お役人様のおっしゃるとおり、狭衣の年季を延ばすべく、お白洲で嘘を申し上げました」

「おう。本気で反省してるってえなら、これ以上狭衣に悪さを仕掛けたりしねえと誓えるか」

「はい。こたびの引き合いについて、どんな理由であっても狭衣に代価を求めることは致しませんし、年季明けまでの間に無理を言うようなまねもいっさいしないとお誓い申し上げます」

相手の態度に表情を緩めた甲斐原は、「なあ梶木屋」と穏やかに呼び掛けた。

「先ほど話に出した『ち』組の先代の頭だけどよ、お前さんがやろうとしたことを町奉行所の者《もん》が話したら烈火のごとく怒り出したそうでよ。

『狭衣からは、年季が明けたら分相応の暮らしをしていくつもりだから過分なお祝《う》いは要らねえなんて言われたけれど、こいつは狭衣に祝いと別れを言いに行ったおいらの顔に泥を塗る振る舞いだ。もしこれで余分な借財を負わせようなんて非道なまねをするなら、百両でも二百両でもおいらが肩代わりしてやる。こいつあ、狭衣どうこうじゃねえ、おいらたち町火消しが売られた喧嘩《けんか》だ！』って、捲《まく》し立ててたそうだ――女郎一人が手前の手から零《こぼ》れるのぉ惜しんで、その女郎が抱えてた大得意を失っちまったんじゃねえのか？　お前さんがやったなぁ、そういうこった」

甲斐原が告げてきた言葉を、楼主はただ黙って聞くよりなかった。

その楼主の後ろには、俯いたままの狭衣が肩を震わせ、忍《しの》び音《ね》（忍び泣きの声）が漏れそうになるのを懸命に堪《こら》えている姿があった。

七

北町奉行所へ出向いてきたときのノンビリとした様子とは異なり、吉原へ帰る一行はまるで葬儀の列のような有り様だった。

狭衣は視線を足下へ落としたまま、静かに歩みを進める。遣手は、ときおり憎々しげにその狭衣に目をやるが、がっくりと肩を落として歩く楼主をどう慰めたものかと悩むほうへ、ずっと多くの気を向けていた。

供をする若い衆は、楼主の気分を察して静かにしていたが、口元が綻《ほころ》んでくるのを覚《さと》られないようにするのに苦労している。

ただ一人町名主の手代だけは、呆れた顔を隠そうともせず、一行の一番後ろについて歩いた。

ようやく自分の見世に着いた梶木屋の楼主は、同じ江戸町一丁目の惣籬、松葉屋と扇屋《おうぎや》の楼主へ即刻の面談を申し込んだが、「本日急に言われたのでは都合がつかないため、明日の夕刻にしてほしい」と日取りの延期を告げられた。いずれも格上の妓楼の主であり、無理は言えない。梶木屋の楼主は、やむを得ず無駄足を踏んだまま己の見世に戻った。

見世では、遣手のお斤から狭衣に折檻を加えることを暗に提案されたが、お白洲であんな目に遭わされたのに何の手立ても用意しないままそんなことをしたのでは後が怖い。明日の松葉屋や扇屋との会談を見込んだ上で、「いずれは考える」と宥めて手を出すことは控えさせた。

翌日の夕刻。梶木屋の楼主は、松葉屋が面談場所として告げてきた引手茶屋へ赴《おもむ》いた。すでに夜見世が始まっている吉原では、あちこちから清掻《すががき》の調べが聞こえてくる。

清掻は三味線《しゃみせん》によるお囃子《はやし》で、それぞれの妓楼で弾《ひ》かれて夜の吉原に彩《いろど》りを添える。演者はその日当番の見世持ちや内芸者《うちげいしゃ》（見番に登録して様々な見世に呼ばれる者ではなく、個々の見世で雇用されそのお座敷のみで仕事をする芸者）で、疲れないように交替しながら、見世が客の受け入れを終えるころまで鳴らされ続けるのだ。

梶木屋の楼主が、松葉屋や扇屋の内証ではなくわざわざこんなところへ呼び出されたことを不思議に思いながら座敷に顔を出してみると、驚いたことにそこには松葉屋や扇屋だけでなく、丁字屋と大文字屋《だいもんじや》の楼主も顔を揃えていた。

丁字屋は江戸町二丁目、大文字屋は京町一丁目の惣籬である。松葉屋や扇屋を含め、吉原を代表する大楼の主四人が顔を揃えたことになった。

――皆さんこたびのことを、それだけ重大事だと考えていらっしゃる。

百万の味方を得た心持ちになった梶木屋の楼主は勢いづいた。

「皆様。手前どものことでお集まりいただきまして、真《まこと》にありがとう存じます。松葉屋さんや扇屋さんにお声掛けしてお集まりいただいたのは、昨日手前が出向きました北町奉行所のお白洲について、お聞きいただきたいことがあったからにございます」

そう切り出した梶木屋の楼主は、自分がお白洲でどのような目に遭ったかを切々《せつせつ》と訴えた。四人の大楼の主は、梶木屋の話をただ黙って聞いていた。

――このような目に遭わされて、ただでは捨て置かぬ。

表情に出さぬようにしながらも、梶木屋の楼主の心は怒りで煮《に》え滾《たぎ》っていた。

「手前がこのような仕儀《しぎ》に立ち至りましたのも、この吉原《さと》からの合力をのほほんとして受け取りながら、仕来りに反するような調べを御番所に告げ口した町方がおるからです」

「御番所への、告げ口ですか」

松葉屋が入れた合いの手へ、梶木屋は「さようにございます」と大きく頷く。

「まさか、鳴海様がこのようなことをなされたと思えぬからには、やったのはこたびやってきた新米の隠密廻りのほうに違いありませぬ」

実際には、枕探しと狭衣の関わり合いについて探る者がいる気配を察し、自身で奉公人らを動かすとともに、鳴海にも釘を刺してもらうよう依頼していた。それでこの始末だから、「案外使えない野郎だ」と鳴海に対する怒りもある。

「確か、裄沢様とおっしゃったか」

丁字屋の言葉に、「様」付けはもったいないと思いながらも肯定した。

「このままにしておいたのでは、官許の遊郭である吉原の面目《めんぼく》が立ちませぬ。皆様には、かようなふざけたまねをした同心をどうすべきか、ご相談を差し上げたく不調法《ぶちようほう》にもお集まりをお願いした次第にございます」

梶木屋の楼主は、やりきったという心地よい疲労を感じながら頭を下げた。

――これで、一件落着だ。あの跳ねっ返りの同心はどこかに飛ばされるし、そしたら狭衣についちゃあ、またじっくりと年季を延ばす方策を考えりゃあいい。

梶木屋は、すでに大船に乗ったつもりだった。

「どうすべきか、ですか」

松葉屋と大文字屋が顔を見合わせる。

そのまま誰からも言葉が発せられない間が空いたことに、梶木屋は頭を下げたまま、わずかに違和を覚えた。

と、それまで鳴らされていた清掻の調べが調子を変えた。清掻は見世ごとにそれぞれの特徴を持った弾き方がなされるのだが、どういうわけか、ほとんどの見世で同じ曲が掻き鳴らされているように思えた。

「これは……」

妙に思った梶木屋が顔を上げて耳を澄ます。

「始まりましたかな」

松葉屋が、落ち着いた声で言葉を発した。

——松葉屋さんは、知っていなさった？

梶木屋が疑問を顔に浮かべている中、丁字屋と大文字屋も口を開く。

「いやあ、菊之衣《きくのい》に、今宵《こよい》道中をさせてくれと突然言い出されたときには驚きましたよ」

「うちの霧里《きりさと》にも同じことを頼まれて、急に何を言い出すのかと、わたしもお茶を吹き出しかけまして」

扇屋がこれに続けた。

「うちの見世の緋揚羽《ひあげは》は、松葉屋さんのところの藍染《あいぞめ》さんから『おんしはまだ若いから、よしておきなんし』と止められたと、不満顔でございましたな」

松葉屋の藍染、丁字屋の菊之衣、大文字屋の霧里、扇屋の緋揚羽は、それぞれの見世でお職《しょく》（その妓楼で筆頭の女郎）を張る、今の吉原を代表する呼出し昼三である。

大楼には呼出し昼三が複数在籍することも少なくないため、妙な勢力争いなどにならぬよう、お職という呼び方はされないのが普通だった。しかしこの四人については人格、人気ともに誰が見ても筆頭であることに相違ないことから、周囲の者皆にそうした呼び方を当たり前にされるほどの遊女だった。

「そろそろ出てきましょう」

そう言って松葉屋が大きく開けられた窓のほうへ寄ると、残りの三人の大楼の主も続いた。

「梶木屋さんも、こっちへ来てご覧なされ」

振り向いた松葉屋に勧められ、何があるのか判らぬままに梶木屋も窓辺へと寄っていった。

仲の町に面して建つ引手茶屋は、二階から通りを見下ろせるような造りとなっている。通された客は、ここから仲の町をそぞろ歩く客の様子や、花見の時期だけ移植される桜、七夕《たなばた》などの飾り物といった季節それぞれの夜景を楽しみながら、遊女としばしの歓談を行うのだ。

今はその座敷に、合わせて五人の妓楼の主のみがいた。

下の道を見下ろしてみると、清掻の調子が突然変わったことに、道行く者らも驚いて、何が始まるのか仲間に問うていたり、左右を見回したりしているようだ。

するど、大門から離れた一番奥の京町のほうでザワリと人々の囁《ささや》きや歓声が上がるのが聞こえてきた。

見やれば、京町一丁目の木戸から花魁道中《おいらんどうちゅう》が姿を現したところだった。

「あれは……霧里さんですか」

問うた梶木屋が見やれば、大文字屋が頷く。

視線をはずしたところで、階下の近くからもどよめきが起こった。慌てて見やれば、江戸町一丁目からは松葉屋の藍染が、二丁目からは丁字屋の菊之衣が、それぞれ少なからぬお供を連れて花魁道中を始めようとするところだった。

「これはいったい……」

もともと花魁道中は、客の求めに応じ揚屋《あげや》（引手茶屋の前身）に呼ばれた太夫の道行きを指すものであったが、太夫の制度がなくなったこの時代には、道中そのものを客に見せるための催《もよお》しに変化していた。呼出し昼三が引手茶屋に呼ばれて出向くことは当然あるし、これも花魁道中と呼ばれたりするが、この際には「本式の花魁道中」ほどの派手派手しい振る舞いは行わない。

また、この「本式の花魁道中」自体、のべつ幕なしに毎晩行われていたわけではなく、年礼《ねんれい》（年始の祝賀）や三月の花見などの年中行事、あるいは新造出《しんぞだ》し（花魁に育成する前提で育てる幼女の禿《かむろ》を、女郎である新造にする際のお披露《ひろ》目《め》）などの吉原独特の催事《さいじ》に限ってなされるものだった。

今、眼下に繰り広げられているのは、紛《まご》う方《かた》なき本式の花魁道中である。しかも、三組も一度に……。

——今日は、何かあったか。どこかで披露目があるとも聞いていないし。いや、そんな個別の見世の催事であの三人が揃って出てくるはずもなし。第一、どこの見世もいっせいに清掻を合わせるなんぞ、これまでお目に掛かったどころか話に聞いたこともない……。

吉原を代表する呼出し昼三の三人が、一度に打ち揃って道中を始めるというのも前代未聞《ぜんだいみもん》のことであった。これだけの者たちとなれば、同じ晩に花魁道中をするとなっても妙な比較をされぬよう、また無益な張り合いなどにならぬように、多少は間を空けるのが当たり前なのだ。

まだ頂点に上り詰めたばかりの、たとえば扇屋の緋揚羽あたりならば、他の呼出し昼三と妍《けん》を競おうとあえて刻限を合わせるということだってあり得なくはないが、すでに押しも押されもせぬお職となっている三人には、そんなことをしても客から「はしたない」、「余裕がない」と見下げられ、自分の価値を落とす結果になるばかりである。そんなことは、三人いずれも十分承知しているはずだった。

梶木屋が混乱しているうちに、三つの花魁道中は仲の町の通りのほぼ中央、西に揚屋町、東に角町の木戸がある辺りで顔を合わせた。

通常ならば、それぞれが仲の町の通りに面する引手茶屋に入って休息を取り、そこで花魁道中は終了するのだが、なぜか三組が揃うと、江戸町から発した藍染と菊之衣それぞれの一行が道を返す。そして今度は、三組の花魁道中が連なるように大門のほうへと足を向けたのである。

息を呑んで三つの道中を見ていた客たちがどよめいた。

「あれは、いったい何を？」

目が離せなくなった梶木屋は、言葉だけで大楼の主たちに問い掛ける。

「まあ、見ていなされ」

大楼の主四人のうちの誰かが鷹揚《おうよう》に応じたが、梶木屋はそれが誰か確かめる余裕もなかった。

三つの花魁道中は、すでに江戸町の木戸を過ぎて大門のすぐそばまで達している。四郎兵衛会所からは吉原の奉公人たちがわらわらと出てきて、お職を張るほどの遊女たちが何をするつもりなのかと身構えていた。

道中に合わせて仲の町を移動してきた客たちも、集団となり固唾《かたず》を呑んで見守っている。

花魁道中の先頭には見世の名や印を書き込んだ大提灯《おおぢょうちん》を提《さ》げた若い衆が立ち、呼出し昼三の周囲を禿や振袖新造《ふりそでしんぞ》（客を取らせる前の成り立ての女郎）が囲むように歩いている。三人の中には、若い衆に傘を差し掛けられている花魁もいた。

その呼出し昼三の三人が、周囲に何か告げたかと思うと、提灯持ちもその場に残したまま先頭へ出てきた。

三つの集団の呼出し昼三が肩を並べ、大門のほうを向く——いや、三人は面番所のほうを真正面に見据えていた。

三人は人の姿の見えぬ面番所に対し、小腰を屈め、小褄《こづま》を取り、あるいは両手を帯の前で合わせ、それぞれのやりようで会釈《えしゃく》をした。

一瞬静まり返った見物の衆が、次の瞬間にはどっと沸き立った。

呼出し昼三の三人はそれぞれの集団に戻って、来た道を返していく。三人の表情から、何かを覗い知ることは誰もできなかった。

「ありゃあいってえ、何だったんだい」

「知らねえけど、三人揃って面番所に挨拶してたよなぁ」

「ああ、誰の姿も見えねえようだが、どういうワケであんなことしたんだろうねぇ」

「お前さん知ってるかい。ありゃあ、松葉屋の藍染と丁字屋の菊之衣、それに大文字屋の霧里だ。今の吉原じゃあ五本の指に入《へえ》る三人――いや、三本の指に数えられる、まさにその三人だぜ」

「へーえ。その三人に挨拶させる町方たぁ、いってえどんなお人だ？　まさか、挨拶されたなぁ岡っ引きや下っ引きってわけじゃあるめえな」

三つの花魁道中の一行がその場から去っても、人々の昂奮《こうふん》と噂話は終わることなく続いていた。

八

「ご覧になりましたかな」

「あれは、いったい……」

問われた梶木屋の楼主は茫然《ぼうぜん》と呟くのが精一杯で、問うた松葉屋の口調が冷えているのにすぐ気づくことができなかった。

「あなたが見たとおりですよ」

丁字屋に言われても、梶木屋はただ顔に疑問を浮かべるばかりである。

「やれやれ。こうなってもまだ何もお判りでないとは」

扇屋は困った顔をして左右に首を振りながら言ってきた。

「判る、とは何がでしょうか。あの呼出し昼三の三人とは、手前の見世は何の関わりもありませぬが」

実際、半籬でも下のほうでしかない梶木屋には、呼出しのつかないただの昼三がようやく一人いるばかりである。

丁字屋が、噛んで含めるように教え諭《さと》した。

「呼出し昼三とは関わりなくとも、ここで妓楼を営んでいるからには、この吉原《さと》を代表する遊女たちと関わりが全くないとはさすがに言えないでしょう」

「それが？」

まだ意味が取れずに、まともな応えが返せなかった。

松葉屋が溜息をつきながら言う。

「吉原の遊女皆を代表する娘たちが、面番所へ感謝を示すための挨拶に出向いた――これがどういう意味を持つか、よもやお判りでないと？」

「面番所に、感謝……まさか」

「まさか、ですか？　今まで、こんなことは後にも先にもございませんでした。それが今日《こんにち》ただ今行われた――あの娘《こ》たちにそれをやらせるだけの出来事が、この吉原であったということでしょう」

大楼の主たちが何を言いたいのかようやく理解して――しかしながら、まだそれを信じられない気持ちが言葉になる。

「しかし、そんな馬鹿な」

「馬鹿な、にございますか。我々にしてみれば、あなたのお振る舞いこそそう呼びたいのですがねえ」

——こいつら、何言ってやがる。

謂《い》われのない非難に、相手が格上であろうと抑えきれない怒りが憤然と湧き上がってくる。

「そんな。吉原の仕来りに反したことをやったのは、あの町方同心でしょう！　それが、なんであたしのほうが責められなきゃならないんです？　皆さん、自分の見世のお職が道理に合わないことをやったってえのに、なぜ止めようとなさらなかった。こんなことは——あたしがまたこんな目に遭わされるなんて、どう考えたっておかしいでしょう」

「それが、今目の前にしたことを踏まえた、あなたのお考えですか？」

松葉屋の問いに反駁《はんばく》しようとして——その冷えた口調にようやく思いが及んで口を閉じる。松葉屋が、続けた。

「吉原の遊女を代表する三人が同じ振る舞いに及んだ——つまりは、吉原の遊女たちは皆、狭衣の窮地を見捨てずに動いてくださったお方に感謝し、あなたの敵に回ったということです」

「そんな……それを、そんな振る舞いをあなた方は、放置しておくと言われるのですか」

「梶木屋さん、あなたは勘違いをしておられる」

　梶木屋は扇屋へ疑問の目を向けた。

「吉原の仕来りとおっしゃいましたな。確かに我ら忘八は、紋日《もんび》（本来の意味は「紋付《もんつき》を羽織《はお》るべき公式行事のある日」。吉原の紋日には客から徴収する揚代が二倍となるが、この日客がつかなかった女郎には妓楼より揚代分の借金が加算される）などといった自分たちに都合のよい決まりごとを作って女たちに守らせておりますが、理屈に合わぬ借金を無理矢理デッチ上げて年季明けを延ばすような仕来りはござりませんよ」

「……ですが、もしそうであっても、あのような女郎の反抗を――」

　憤懣《ふんまん》やる方ない思いからの反論を、丁字屋が鋭い口調で「梶木屋さん」と名を呼び制止した。

「あなたは、それだけのことをした」

「……………」

「この吉原《さと》の妓《おんな》たちが、一番何を望んでいるか、妓楼の主であるあなたはご存知か。それは、金をたくさん運んでくる上客がつくことじゃない。愛《いと》おしいと思えるような間夫と、ここで出逢《であ》うことでもない」

「……」

「あの娘《こ》たちが願っているのは、一日でも早く年季が明けて、ここから解き放たれることだ。それは、明日をも知れぬ病《やまい》に罹《かか》ってるような娘だっておんなしだ。いいや、そんな娘こそ、自分が吉原《ここ》を出て、またお父っつぁん、おっ母さんと笑って一緒に暮らせる日を夢見ながら死んでくんだ。

もちろん、実際年季が明けたときに、そんな夢が本当になる娘なんてほとんどいない――みんなそれは、知ってますよ。知っていながらみんな、あと何年で年季が明けるか、指折り数えて待ってるんです」

じっと耳を傾《かたむ》ける梶木屋へ、大文字屋が断罪するかのように言い放つ。

「その夢を、あんたは壊した」

「……」

「辰巳《たつみ》（深川）芸者は意地と張りを看板にすると言うそうだけど、吉原の女郎たちにだって意気地《いくじ》はある。それを失ってしまえば、いったい何を因《よすが》に毎日違った男たちの機嫌を取って満足させられるというんだい。

あんたがやろうとしたのは、女郎たちからなけなしの夢を奪い、意気地を捨てさせることだ。そんなことをしようとしたから、あんたはこの吉原の遊女三千人、その全員を敵に回した。そしてそんなことがもし罷《まか》り通《とお》るならば、女たちの夢を奪ったこの吉原という遊郭は、やがて萎《しお》れて客から見向きもされなくなり、廃《すた》れてしまう。だから我らも、あんたを同じ仲間として認められないとしか思えぬようになった——当然の道理だろう？」

「そんな……」

意外だという言葉を口にしながらも、梶木屋は自分のしでかしたことの重大さにようやく気づいた。

「あたしは皆さんから、何か責めを負わされることになりましょうか」

恐る恐るお伺いを立てた。それに対し、松葉屋はあっさりと答える。

「何もしませんよ——あたしらはね」

「？」

先のひと言にほっとしたものの、付け加えられた後のほうのひと言の意味を判じかねた。扇屋が、松葉屋の返答に付け加える。

「先ほどの大文字屋さんからのお話で、ようやく自分のなさったことがお判りになったようだ——梶木屋さん。女郎の夢を壊そうとしたということは、その女郎と一夜の夢を見るため通ってくださるお客様方の夢を、壊そうとしたということにもなる。それはお判りか」

「……はい」

扇屋が口にした理屈にきちんと筋立てた反論ができない以上、渋々ながらも同意せざるを得ない。

「梶木屋さんはお白洲で、自分のしたことが『ち』組の先代の頭を大いに怒らせたと教えてもらったそうですね」

「！」

どこでそんな話まで、と驚いたものの、噂の出どころなど考えるまでもない。

狭衣はそんなことをしそうにないし、できるような心の揺れ具合でもなかったとからすると、おそらくは狭衣《あれ》を心配そうに見ていた若い衆のいずれか——たぶん、二人ともだろう。

——あるいは。

北町奉行所でお叱りを受けた帰り道、一人遅れて自分らについてきた町名主の手代の呆れ顔を思い出した。

——噂の出どころは、あたしの見世一カ所だけじゃあない……。

そして頭がそこまで回れば、あのお白洲の次の日に吉原を代表する三人のお職がもう動いたということが、どれだけ話の広まるのが早かったか、言い換えれば女郎衆皆の関心が高かったかが判ろうというものだ。ならば、『ち』組の先代の話だってそれに付随して同じように広まっていても、どこもおかしくはない。

梶木屋がそんなことを考えている間に、松葉屋はもうひと言申し添えた。

「果たして、お怒りになるのは『ち』組の先代だけで済むものでしょうかね」

「……他の、狭衣のご贔屓筋も同じだと？」

狭衣の年季明けを遅らせてそのご贔屓筋を金蔓《かねづる》にし続けようとやらかした自分の失敗りのせいで、贔屓の全員が、狭衣がいなくなった後に相方を変えて見世に通い続けることもなくなるだろうと知らされ、内心大いに慌てる。

「そうであっても、手前は何も不思議には思いませんけどね。なにしろ、吉原《さと》の中でこれだけ早く噂が広がってるんですから。

むしろ、これまで狭衣の相方になったこともないお客さんが、梶木屋さんのことをどうお思いになるか、手前ならそちらのほうを案じますけれど」

見世の評判が悪ければ、当然客足は落ちる。

松葉屋の不吉なもの言いに、大文字屋が言葉を重ねた。

「霧里たちがあれだけ派手なことをやったんだ。それを見ていたお客も、あのとおり大勢いた。こんな面白そうな出来事を、吉原雀《よしわらすずめ》（ろくに登楼もせずに吉原に入り浸《いびた》り、様々な噂や評判を語り合って楽しむ者たち）が放っておくと思うかい？

お白洲の話もこれだけ早く広まってることと重ね合わせてみたら……はてさてこれからどうなることやら」

大文字屋が濁した語尾の先を想像して、梶木屋はゾッと背筋を凍らせる。

さらに松葉屋が、駄目を押すように告げた。

「あたしらは、何もしませんよ。たとえ、この地へ遊びにいらっしゃるお客の皆様が、梶木屋さんのことを女郎たちと同様に敵だと見なしてもね。梶木屋さんには、何もしません。

ただし、もしあなたが進退窮《しんたいきわ》まるようなことがあったとして、そのときに自分のところの女郎衆に無理難題を押しつけるようなら――そのときは、どんな些細《ささい》なことであっても、我らだけでなくこの吉原《さと》で見世を開いている楼主全員が決して黙ってはおりませぬよ」

――見限られた……それも、この囲いの中で活計《たずき》を営む全員に！

その事実をつきつけられた梶木屋の楼主は、言葉もなくガックリと肩を落とした。

藍染たちが率《ひき》いる三つの花魁道中が大門へ向かってきたとき、面番所は皆が留守にしていたわけではなく、隠密廻りの鳴海がいた。四郎兵衛会所の面々は、何が起こっても対処できるよう全員で表へ出てきたが、鳴海は逆に面番所の中に潜《ひそ》み、手伝いのためにやってきていた御用聞きの子分らへも中で静かにしているように申し付けた。

鳴海は裄沢が何かやらかしたことを半ば確信しており、これから何が起ころうとも北町奉行所が責を問われることなどないよう、慎重を期したのである。

鳴海は姿を隠したまま、面番所の窓の格子の陰からそっと花魁道中の様子を観察していた。そして、藍染たち三人の呼出し昼三が、自分らのいる建物に向かってはっきり会釈するところを目撃したのである。

一瞬、目の前で何が起こっているのか理解ができなかった。

次には、肚《はら》の底から込み上げてくるものを覚えた。

「くぁ、あははは。あの野郎、とんでもねえ」

急に笑い出した鳴海を、御用聞きの子分らは奇異な目で見ていたが、今の鳴海にすれば、そんなことなどどうでもいい気分だった。

「あいつは、たった半年で石垣さんやおいらなんぞよりもしっかりと、もうこの吉原を掌握《しょうあく》しやがった」

おかしすぎて目尻に滲《にじ》んできた涙を、鳴海は人目も憚《はばか》らずに拭ったのだった。

梶木屋の楼主が蹌踉《そうろう》として去っていった座敷には、まだ大楼の主四人が残っていた。そのうちの一人が、ぽつりと口に出す。

「これが、裄沢様にございますか」

「聞いていたとおりの――いや、聞いていた以上のお方にございましたな」

「我らとて、自分の見世にかまけて見逃しかけていたものを、わずかみ月ばかりこの吉原《さと》の入り口で立ち番しただけ（裄沢が立ち番するのは一カ月おきの当番月のみ）で、しっかりと要所を押さえてしまわれた」

もし裄沢がこの場にいたなら、「自分はただ、目の前の不条理が見逃せなかっただけだ」と語っただろう。しかし世の中には、「何を思ってそうしたか」などはどうでもよくて、「実際それでどうなったか」という結果だけが重要視されるようなことはいくらでもある。

「あのお方が、以前からこちらにお通いになっていたということは」

もともと吉原の有りように精通していたのでは、という問いだ。

「いえ、そのような話はどこからも。少なくとも、馴染みを作ったことはないようで」

「確か、以前に深川のほうで定町廻りをなさっておられましたな」

「深川を含め、調べた限りではどこにも馴染みはおられぬようですな」

「では、本当に半年で？」

「とてものこと、徒《あだ》や疎《おろそ》かにはできませぬようで」

「……取り込みますか」

「いや。そのような話に簡単に乗るお方ではないことも、調べ済みでしょう。下手な手の出し方をすると、却って敵に回しかねませぬよ」

「まさか、そこまでは」

「間《あいだ》を置かれるようになられては、何の得もないと申し上げておるのです」

「なるほど。では、どのように？」

「……少なくとも当分は、当たり前のお付き合いを。そして、本当にどうしようもなくならない限り、こちらから敵に回すようなことは厳《げん》に慎《つつし》むべきでしょう」

「どうしようもなくて敵に回したならば、皆が全力で叩き潰さねばなりませぬか」

「それは、いくら何でも大袈裟では」

笑いを含んだ感想に、淡々とした問いが返される。

「では丁字屋さんは、遊女三千を味方につけたお方と独りで渡り合えると？」

「……これは、松葉屋さんのおっしゃるとおりかもしれませんな」

夜見世はすでに始まっている。吉原を代表する大楼の主で、この刻限に忙しくない者はいない。でありながら、楼主たちは自分の見世に戻ることなく、しばらくの間、皆での語り合いを優先するのだった。


吉原の遊女三千という数字は、お江戸八百八町や旗本八万騎と同様、「数多い」という意味の形容詞であるが、中国の「白髪三千丈《さんぜんじよう》（約九キロメートル）」のような誇大表現ではなく、それなりに実態に即した数になっている。

このころの江戸の町の実数は千を超えており、旗本は八万人にはとうてい足らないものの、同じ幕臣である御家人を合わせるならこれに近い数字となる。そしてこの物語の時代における吉原の遊女の数は、河岸女郎《かしじよろう》のような末端まで含めれば四、五千人程度はいたであろうと推算《すいさん》される。

九

――吉原を代表する呼出し昼三の三人が、連れ立つように花魁道中を行って面番所へ出向き、お供の者らから離れた上で三人肩を並べて挨拶した！

そんな大事件が起こったならば、噂好きの吉原雀たちが放っておくわけがない。あれはいったい何だったのかという疑問は、その晩のうちから手前勝手な憶測混じりにあちこちで口にされるようになる。

そこへ、江戸町一丁目の半籬、梶木屋が泥棒騒ぎで町奉行所に呼ばれ、泥棒の相方を勤めた女郎に身代わりを立てたのがバレてお白洲でお叱りを受けたという噂が飛び込んできた。

梶木屋の楼主はお白洲で、全てお見通しのお奉行様に、「引き合いに掛かった金を借金にさせて、年季明けになるはずの女郎を不当に縛り続けようとした」と白状させられ厳しく叱られたという。

この二つの出来事は、吉原雀たちの間でたちまち一つに結びつけられた。相方についた女郎をはじめとする妓楼の者たちが、その噂も二つの出来事の結びつきも否定しないものだから、二件の関連性はたちまちのうちに真実と見なされるようになっていく。

あるいは先代のお頭を激怒させたとして、『ち』組の面々が梶木屋の悪口をさまざまなところで触れ回っていたとしても、何の不思議もなかったろう。

当然梶木屋には悪評が立ち、わざわざ見世の前で罵倒《ばとう》するような者も出て、客足はすっかり遠のいてしまった。

なんとか挽回《ばんかい》を図りたい梶木屋は、実際の年季明けをひと月繰り上げて狭衣を解放することとし、これを大きく喧伝《けんでん》するよう努めた。

多少の効果はあったかもしれないが、多くの者は「あんなことをしでかしたのだから、それぐらいは当然。まだまだ全然足りないぐらいだ」としか評価してくれなかった。

梶木屋は閑古鳥《かんこどり》が鳴く状況が続く。

人々はそれを見て、「ありゃあ『カジキ屋』じゃなくって、経営不振《ひだりまえ》になって倒産《たおれ》する寸前の『傾《かし》ぎ屋』だ」と言って嗤った。

※

狭衣が梶木屋を後にしたのは早朝のことだった。上《うわ》っ面《つら》の馬鹿丁寧さで見世から出された狭衣は、江戸町一丁目の木戸に近づくと大いに驚かされた。同じ町の別の見世で働く者だけでなく、多くの女郎衆がこの早朝に起きて狭衣の出立を見送ろうと出向いてくれていたのである。

しばらく別れを惜しんだ後に四郎兵衛会所へ向かい、自由の身になったことを証《あか》す手形を確認してもらうと大門の外へ出た。

そこには、当然のように愛《いと》しい清さんが待ってくれていたが、それだけではなかった。五十間道の両側に『ち』組をはじめとする火消しの衆が、ずらりと並んでいたのだ。

清さんと二人連れになった狭衣は、火消しの衆が高らかに歌い上げる木遣《きや》りに送られながら、道を進んでいく。

吉原を出て五十間道を辿り、衣紋坂《えもんざか》を登って日本堤に出ると、眼下に流れる山《さん》谷堀《やぼり》には一艘《いっそう》の猪牙舟《ちょきぶね》が待っていた。猪牙舟に乗った二人は、大川に至る手前の船宿で一回り大きな屋根舟《やねぶね》に乗り換え、新たな住まいの近くまで運ばれるのだ。

本来ならば船宿までは日本堤を歩くのが当然な道程《みちのり》を、本日は特別に舟で送ろうという趣向である。これも、年季明けの過分な祝儀を全て辞退した狭衣への、かつてのご贔屓筋たちからのせめてもの餞別《はなむけ》であった。

そのご贔屓筋たちの姿は、ここにはない。狭衣と、これから狭衣と所帯を持つ幼馴染みとの二人の道行きを、この場に足を向けることなく遠くから思いやっているのだ。

堤の上に立った二人は、吉原のある方角を振り返った。ちょうど、見返り柳《みかえやなぎ》が枝を伸ばす下でのことである。

何を思うのか、二人はしばらくそのまま動かなかった。


堤の上からは陰になるはずの外茶屋の横の壁から、そっと離れて立ち去ろうとする男がいた。裄沢広二郎。狭衣の贔屓筋と同じく二人の邪魔にならぬように、陰から見送ろうとしていた者である。

裄沢は、もう二人は堀のほうへ降りて舟に乗った頃合《ころあ》いだろうと、五十間道へ出て吉原の大門へ向かう。

堤の上の二人が、その後ろ姿にいつまでも深々と頭を下げていたことを、背を向けた桁沢が知ることはなかった。

第三話　御馬先召捕《おうまさきめしと》り一件

一

その後しばらくの間、近年の裄沢には珍しいほど平穏な日々が続いていた。

月番のときは相変わらずほとんど吉原へ行って面番所で立ち番の仕事に就くが、「仕来《しきた》りに従わず相応《ふさわ》しくない」として何か働き掛けてくるかと思われた同所《吉原》の重鎮たちが動いている様子はなく、偶《たま》に掏摸《すり》や置き引きが出たり、酔っ払いや粋《いき》がった跳ねっ返りによる小さな諍《いさか》いが起きるぐらいだ。

そしてこうした騒ぎは、裄沢が出るまでもなく四郎兵衛会所に詰める吉原の奉公人たちがほとんど収めてしまう。それで済まぬときも、捕まった者を近くの町人地の番屋へ移送すれば、ことは終わった。

非番月《ひばんづき》（北町奉行所が月番でない月）のときには、特に当《あ》て所《ど》なく鳴海から指図された「ただ市中を彷徨《うろつ》」いていることが多い。ときおり内与力を通じて調べ物の指図が来ることもあったが、何を目的としているのか判《わか》らぬような断片的なものがほとんどで、さほど苦労することもなく片づくような片手間仕事ばかりであった。

あるいは、自分が隠密廻りとして役に立ちそうか試されているだけかという気もしたが、それならそれで構いはしない。遊ばせておいてもらえるなら喜ばしい限りで、無理に難しい仕事を欲するつもりはないのだ。

そうしてその年が終わり、翌年の如月《きさらぎ》（陰暦二月）に入ったばかりのこと。寛政から享和《きようわ》への改元が行われるのは、これよりもう少しだけ先の出来事となる。

裄沢が今日も町を彷徨こうかと浪人者の身形《みなり》で自分の組屋敷を出たところで、道端に立っている町方装束の姿が目に入った。

見知った男であるのを確認した裄沢が、真っ直ぐ近づいていく。

もう初老とは言えないほどの歳かと見える男は、裄沢が家から出てきたときからすでにこちらに気づいていたようだ。

「室町さん、そんなところでどうしました」

裄沢がやってくるまで待っていたのは、同じ廻り方の室町左源太である。幼馴染みで定町廻りをやっている来合轟次郎と組になることの多い臨時廻りであり、上と衝突するのも構わずに動く裄沢の、よき理解者でもあった。

「ああ、いや、ちょいとな」

室町にしては珍しく、歯切れの悪い応対だった。

「何か、ありましたか」

顔にいくらか迷いを見せていた室町は、踏ん切ったように話をし始めた。

「実ぁ、こんな話をお前さんにするのもどうかとは思ったんだが、もしまだ聞いてねえなら知っとくべきかという気もしてな――いや、今のお前さんの仕事たぁ全く関わりのねえことなんだがよ」

「はい、室町さんがお気遣い下さることなら知っておくべきだと思います。どうぞお聞かせ下さい」

「内与力の鵜飼様のことなんだが……何か聞いてるかい？」

一年近く前、お奉行の家臣の中から内与力に抜擢されたばかりの若手であり、裄沢が他の仕事に忙殺される――というか巻き込まれる格好になって尻切れ蜻蛉《とんぼ》に終わったが、「町奉行所の仕事」の最初の説明を受け持った相手であった。

月番で裄沢が吉原の面番所にいると所在が明らかなときは、何度か訪れてきて

「裄沢さん以後は、きちんと仕事を教えてくれる人がいない」といった愚痴を零《こぼ》していたが、それも月を重ねるごとに間遠《まどお》になり、年が明けるころには一度もなくなっていたので、ようやく御番所の水にも慣れてきたかと思っていた矢先のことになる。

「鵜飼様が、どうかなさいましたか」

「ああ、それが……下手ぁすると、御役御免になるかもしれねえ」

「！　――それは……」


裄沢は室町の奉行所出仕に同行し、道々詳しい話を聞くことにした。

裄沢たちの住まう八丁堀は町方役人の組屋敷が蝟集《いしゅう》している町であるにもかかわらず、周囲に御番所へ向かう町方装束の姿を見掛けないのは、通常の出仕の刻限をとうに過ぎているからだ。

そんな遅くにどうして室町があんなところで立っていたのかを問うと、「お前さんにこの話をするか迷ってたんだ」と答えてきた。もしもうしばらく裄沢が姿を現さないようだったら、そのまま訪ねてくることなく御番所へ向かうつもりだったと言う。

ちなみに本日の室町は緊急時に備えた待機番だったから、前日に断りを入れておいたため多少遅れても問題はなかったそうだ。

「それで、鵜飼様のことですが」

「ああ――実は、お前さんに知らせたほうがとか言っときながらなんだけど、こっちにもさほど詳しい話は聞こえてきちゃあいなくてな。だから、ざっとしたとこだけだが」

「お願いします」

「判った――どうやら先月の晦日《みそか》（月末日）かその前日のことらしいんだが、その日非番だった鵜飼様は、何か用があったのかどうか、御番所を出て町歩きをなさっていたらしい」

町奉行は、旗本としての自分の屋敷を持っているが、在任中は町奉行所の中に居住している。当然、家族だけでなく家来の多くも奉行所内で住み暮らすことになる。町奉行の家来から任命される内与力についても、居住地は奉行所の中となっている。

鵜飼について言えば、つい数カ月前までは非番の折に裄沢に愚痴を零しに吉原まで足を運んでいたのだが、北町が非番月で裄沢に吉原の面番所での立ち番がないときも、どこかに出掛けて憂さ晴らしをしていたものと思われる。

このごろあまり鵜飼が面番所に顔を出さなくなったのが、その必要を感じなくなったからではなく、裄沢にいつまでも迷惑を掛けられない――あるいは裄沢に会っても埒《らち》が明かない――と思ったからだとすれば、その心境はむしろ悪いほうへ向かっていたのかもしれない。

「その出先――確か、雑司ヶ谷《ぞうしがや》だったか小石川だったか、その辺りで馬上の侍が供の者に命じて、道に出てきた男を不意に取り押さえようとしたところに、鵜飼様は行き当たったそうだ」

雑司ヶ谷や小石川は江戸城《おしろ》から見て北西《いぬい》の方角、小石川にはお上が設けた薬草園や施薬院《せやくいん》（養生所《ようじょうしょ》）がある。

「鵜飼様にはそれがずいぶんと無茶な振る舞いに見えたようで、その供の連中を制止なさろうとしなすった」

「突然目の前でそんなことが起きたなら、当然のなされようにも思えますが」

「ところが、邪魔しちまった相手が悪《わり》いや。なんと、加役《かやく》の奥野《おくの》釆女《うねめ》猛弘《たけひろ》様だったってこった」

加役とは、火付盗賊改方《ひつけとうぞくあらためかた》のことである。もともとの加役の意味は「本来の役職に兼務で任じられるもう一つのお役」というものだが、幕府機構上ほぼ恒常的に設置されている加役が火付盗賊改方のみであったため、単に「加役」と言った場合にはこのお役を指すようになった。

なお、この時代に火付盗賊改方を加役で命ぜられるのは、先手組《さきてぐみ》（先手弓《ゆみ》組と先手鉄砲《てつぽう》組を合わせた呼称）の組頭《くみがしら》となっている。

「はて、加役の奥野様……」

「お前さんにゃあ聞《き》き憶《おぼ》えがねえかい。去年の神無月《かんなづき》（陰暦十月）に助役《すけやく》に任ぜられたお方だ」

加役と俗称される火付盗賊改方には、一年以上の長期前提の任務となる本役以外に、火事の多い冬から春にかけての半年ほどを任期とする助役、季節にかかわらず本役だけでは手の足らない状況になった際に臨時で設ける増役《ましやく》があった。

奥野は、この冬から春にかけて任ぜられた助役であるらしい。裄沢は鳴海からの指導もあって、特に用のない限りあまり御番所には顔を出さなくなっていたため、自分とは関わり合いがなさそうな御番所外の人事に関する噂を聞き逃していたようだ。

「しかし、その奥野様という加役のお方が身分を明らかにしたところで収まったのでは？　まさかに、相手が加役と知ってもなお鵜飼様が強く食って掛かるとは思えませんが」

　裄沢の疑問に、室町は難しい顔になる。

「そいつがなぁ、こっちまで詳しいとかぁ伝わってねえんだけど、どうも拗《こじ》れちまったようでな。奥野様のほうから、北町《うち》奉行所のお奉行のほうへ正式な抗議が来たらしい」

「詳しい経緯までは、不明ですか……」

「ああよ。向こうさんのやりようがあんまり理不尽で、鵜飼様が自分を抑えきれなかったか。それとも、もともと向こうさんはこっちにアヤぁつける気満々だったとこへ、鵜飼様が知らずに飛び込んじまったか」

「加役が御番所にアヤをつける？」

「互いに仕事が重なってんだ。その上南町《みなみまち》奉行所たぁ違って、相互の意見のやり取りもなきゃあ、普段からの付き合いもねえ。それぞれの頭《かしら》の考え方次第《しでえ》の所《とか》ぁあるけど、角突《つの》き合わせることになったって少しもおかしかねえ――お前さんも長いんだ、昔そんなことがあったってのも、知らねえワケじゃあねえだろ」

　指摘されてみればそのとおりである。たとえば今の一つ前のお奉行様には、手柄を連発する当時加役の本役であった長谷川平蔵宣以《はせがわへいぞうのぶため》に対し苦々《にがにが》しい思いを抱《いだ》いている、という噂が流れているのを耳にしたことがあった。

「今のお奉行はそんな方ではないように思いますが」

「こっちがどんなふうだって、相手次第《しでえ》んとこはあるからなぁ」

「奥野様が、うちのお奉行を妬《ねた》んでのことだと？」

「他にもたとえば、ここで一発カマシといて、上《うえ》つ方《かた》のほうへ目立ってみせようって魂胆があるかもしれねえし——まぁ、全部おいらの勝手な妄想だけどよ」

加役はその名のとおり、本来業務に追加で付託《ふたく》される任務である。ために、役料として上乗せされる実入りはあるにせよ、その額は業務を遂行する上で必要になる費用には全く足らない程度のものだった。

このことから、加役を一度勤めるとお家の身代《しんだい》が傾くとも言われ、先手組の組頭たちからは敬遠される傾向が強い仕事であった。しかしながら、あえてそんなお役を望む者もいなかったわけではない。

正義感や徳川《とくがわ》家への忠誠心からそうした仕事へ積極的に臨む気概のある人物もいたであろうが、それ以外の理由として、加役での成功を以後の出世の足掛かりにしたいと考える者もいたのだ。

実際にそうした経歴を辿《たど》って出世した者も存在する。典型例としては、この物語以後の話とはなるが、旗本最高の顕職《けんしょく》とされる町奉行まで上り詰めた矢部《やべ》駿《する》河守定謙《がのかみさだのり》などが挙げられるだろう。

「奥野様が助役だとすると、この先、本役への登用を狙っていると……」

「いずれ本役になろうってんなら、先々手柄争いすることになんだろう相手に、まずは一発カマシとこうって気なのかもしれねえし、町奉行に頭ぁ下げさせたこと自体を周りに喧伝《けんでん》して、上の目に留まろうって魂胆かもしれねえしな——まぁ、そういうことも考えられねえワケじゃあねえって、だけだけどよ」

幕府には、まずは期間限定の助役をお試しでやらせてみて、使えそうなら本役として登用するという考え方があったようだ。前述の長谷川平蔵も、まずは天明《てんめい》七年（一七八七）の九月から翌年四月までの短期で加役を仰せつかり、その後同年十月から寛政七年（一七九五）五月までの長期に亘《わた》って活躍する経緯を辿っている。

「加役の本役へ……そう言えば、今本役をなさっている池田《いけだ》様は、確かもう五年を過ぎておられますか」

池田雅次郎政貞《まさじろうまささだ》は、寛政八年十月より加役本役を勤め、この物語の時点で足掛け六年目に突入している。長谷川平蔵やこの池田は、加役の中でもだいぶ長期間任期を勤めている部類に入り、確かにいつ交替になってもおかしくない状況にあるとは言えた。

「おう、そうこうしてるうちに、もう御番所だぜ」

室町に言われて前方へ意識を向けると、確かにもう目の前が呉服橋《ごふくばし》であった。

二

裄沢は、室町と一緒にまずは表門脇の同心詰所に向かったが、すでに廻り方による朝の打ち合わせは終わっており、残っていたのは室町と同じく本日待機番をする臨時廻りの石垣だけだった。

石垣も、鵜飼の事情については室町と同じほどしか知らなかった。ならば、この場で雑談に興じていても仕方がない。

「鵜飼様は、お長屋ですよね」

「って、聞いてるけど。ところで裄沢さん、すでに大分《でえぶ》ご活躍のようだねぇ」

裄沢が隠密廻りに配属されると同時に隠密廻りから臨時廻りに転じた石垣が言

ってきた。裄沢は苦笑する。

「活躍も何も、まだほとんど隠密廻りとしてお役には立っていないような有り様です」

「とか言ってるけど、鳴海さんからぁ、吉原《なか》の一件とか、いろいろ聞いてるぜ」

いつどこで聞いたのか。鳴海は、同役で新米でありながら半分放って置いたままにしている裄沢よりも、頻繁に石垣と会っているのかもしれない。まあ、鳴海は鳴海で、先達だった石垣から伝授してもらうべきことがまだあるのかもしれないが。

「吉原の一件とは、何のことでしょう――鳴海さんがどう俺を持ち上げてるか知りませんけど、話半分に聞いておいてください。

じゃあ俺は、ちょっとお長屋へ行って鵜飼様の様子を覗《うかが》ってきますので」

裄沢が断ってその場をはずそうとしたところを、室町から名を呼ばれて呼び止められた。

足を止めて振り向くと、室町は真面目な顔でこちらを見ていた。

「おいらから知らせたことじゃああるけどよ、お前さん、そこまで鵜飼様を気に掛ける要はねえんじゃねえのか」

室町の言い方を冷たいとは思わない。

組織上、廻り方は上役として与力を介さず直接町奉行の指示を受ける立場にあるとされるから、多忙な町奉行に代わって実際の指示命令を出すのはほとんど内与力になる。

鵜飼はその内与力に任ぜられているとはいえ、奉行の家来としても経験浅い若手であり、いまだほとんど廻り方と接するような仕事は与えられていないであろう。従って廻り方の面々からすれば、単なる「自分より偉い人」の一人にすぎず、頭を下げはすれど己とは関わり合いのない人物だと見ていて当然だった。

これに対し室町が見るところの裄沢は、出会った当初は廻り方として自分が育て上げている来合同様の存在であった上、来合の無鉄砲さとはまた違った危うさを覚えさせられる男であったはずだ。

さらにそうした裄沢の突拍子《とつぴようし》もない行動で恩を受けた憶えもあるから、自分らから見てほぼ他人同然の鵜飼まで裄沢が気に掛け、またとんでもないことをして立場を危うくしないかと不安視しているのだ。

その心遣いには、感謝を覚えるべきであろう。が、だからといって、室町の制止に頷《うなず》くつもりはなかった。

「室町さん。鵜飼様が最初にこの北町奉行所《きたのごばんしょ》にいらして、接することになったのが俺です。それからいろいろゴタゴタして、任された勤めを途中で放り出すような形になってしまいましたが、俺に関して言うなら鵜飼様は全くの他人ということはありません」

「……途中で放り出しちまった相手があんなことになって、責任を感じてるってかい。そいつはちょいと、気負いすぎじゃあねえかな。

別に鵜飼様だって餓鬼じゃあねえんだ。たとえ何やろうが、そいつぁ自分で負うべきこったろう」

「やったことの責を己で負うべきと言うのはそのとおりですが、俺は責がどこにあるから誰がどうしなきゃならない、ということを考えて言っているわけではありません。ただ、ここで知らぬふりをしていたならいずれ必ず後悔すると判っているから、今自分ができることはしておきたい、というだけなんです」

室町は足下に視線を落として溜息をついた。

「まあ、おいらじゃあ説得は無理か。お前さんのそうした考《かんげ》えで救《たす》けられた者《もん》が、この廻り方だけで何人もいるからなぁ」

「心配してくださっているのに、申し訳ありません」

「判った、行きな。けど、己の進退が掛かるようなマネまではするんじゃねえぜ」

「なるべく気をつけます」

「なるべく、か——まぁ、周りがいくら言っても、その気になったお前さんは止まらねえよなぁ」

諦《あきら》めた口調の室町に頭を下げて、裄沢は同心詰所を後にしたのだった。


北町奉行所のお長屋は、同心詰所を出て右手、突き当たりになる手前を奉行所本体の建物沿いにしばらく道なりに進んで、さらに右手の奥にある。裄沢はそこにいたお奉行の家臣に鵜飼の部屋の場所を訊いて、戸口の前に立った。

「鵜飼様。ご謹慎中のところをお騒がせし、申し訳ありません。隠密廻りの裄沢にございます」

戸口の前に立って中からの応答を待ったが、反応がない。

「鵜飼様。いらっしゃいませんか？」

家の中に人の気配は感じるのだが、戸口に近づいてくる様子はない。ふと、嫌なものを覚えた。

「鴉飼様、失礼します！」

許しを得ぬまま戸をガラリと開け、履《は》いていた雪駄《せった》を後ろへ蹴り飛ばすように脱ぎ捨てて中へと踏み込んだ。

与力の住居とはいえ、独り住まいの長屋の一室であるからそう広いわけでも部屋数があるわけでもない。

「鴉飼様っ」

そう名を呼びながら奥の部屋の襖《ふすま》を開けると、そこには腕も肩も抜いた袷《あわせ》を後ろ腰に垂らし、露《あら》わにした白の襦袢《じゅばん》の前身頃《まえみごろ》を広げて跪座《きざ》（正座のような体勢で、両方の膝と足の爪先で上体を支える座り方）する鴉飼の姿があった。その右の腕《かいな》には、鞘《さや》から抜いた脇差《わきざし》が逆手《さかて》に握られている。

誰かが自分の部屋に侵入してきたと悟った鴉飼は、わずかに腰を浮かせると脇差を持ったままの右手を振り上げた。

「鴉飼様、何をっ」

裄沢は慌てて飛び込み、その右腕に縋《すが》りつく。

「早まってはなりませぬ！」

「放してください。どうか、このまま死なせてください！」

鵜飼は、自分を拘束《こうそく》する相手が誰であるかも気づかぬままに、ただ己の意志を貫かんとする。

後で冷静になって振り返ったとき、裄沢は己が白刃《はくじん》に向かって飛び込んだという事実に冷や汗が出てきた。

体術の心得《こころえ》もろくにない上、力とてあるほうとは言えない裄沢が鵜飼から引き離されずに済んだのは、鵜飼のほうにも自ら命を絶つことへの躊躇《ためら》いがあったからか。あるいは、己の手にする白刃で人を傷つけてしまうことを怖れる気持ちがあったのか。

ともかく二人が揉《も》み合ってさほどときが経たないうちに、騒ぎを聞きつけた者たちが長屋に駆けつけ、皆で鵜飼を押さえつけてくれたのだった。

裄沢は、鵜飼を押さえつけるため団子《だんご》になった者たちの塊《かたまり》から這《は》うように抜け出し、ようやくひと息つくことができた。

「お放しくださいい。拙者《せっしゃ》の思うようにさせてくだされ」

塊になった人々の一番下で、鵜飼は昂奮したまま叫び続けている。腕や身体を押さえつけている人々が何とか宥《なだ》めようとするが、そうした言葉さえも耳に入ってはいないようだ。

着物は乱れ、元結《もとゆい》も千切れかけて情けない様子になった裄沢は、そんな鵜飼を見て大声を上げた。

「お鎮《しず》まりなさいっ」

そのひと言に、鵜飼ばかりでなく皆が口を閉ざし、裄沢を見上げる。

「裄沢さん……」

鵜飼がぽつりと言った。ようやく、そこにいる者のうちの一人だけは認識できたようだった。

静かになった鵜飼の手から脇差が取り上げられ、人々が離れる。

鵜飼はのそのそと上半身を起こし、両手を膝について項垂《うなだ》れた。

「鵜飼様、どうしてこのようなことを」

裄沢が、一転して静かな声で問うと、鵜飼は顔を上げることなく答える。

「どうにも申し訳のしようのない仕儀《しぎ》になりましたゆえ」

か細く、頼りない声だった。

「腹をお召《め》しになれば、お奉行様の面目が立つと？」

裄沢が口にした内容の厳しさに、今まで鵜飼を押さえつけていた人が非難の目で見てくる。裄沢はそのような視線を気にすることなく、じっと鵜飼を見つめていた。

　鵜飼から、返答はない。

「あの場で鵜飼様がおやりになったことは間違いであったと？　やらずに済ませるべきであったということにございますか」

　弱った相手を責め立てるようなもの言いに、「裄沢殿」と周囲から制止の声が掛かる。

　裄沢は構わず先を続けた。

「鵜飼様は、どうにも見逃せぬことが目の前で起こったため、間に入ろうとなさったのではありませぬのか。

　にもかかわらずここで自裁などしてしまえば、小田切様の家来は自ら命を絶たねばならぬほど過《あやま》ったことをした、そういうことになってしまいますぞ。それでお奉行様は、責任を免れることになると、鵜飼様はお考えか」

　鵜飼は、愕然《がくぜん》とした顔で裄沢を見上げた。

「たとえ一片たりとても己に理《ことわり》ありとお思いならば、まだ早まったことはなさいますな。ここは御番所。ことを分け、正義がどちらにあるかを見極めるところにございます。誰にせよ理ある者が窮《きゅう》していたならば、皆でそれを明らかにして救ってみせるのが務《つと》めの者たちにございますぞ。その務めを持つ中の一人である鵜飼様が、ことを分けもせぬうちに逃げて、どうなさいますか！」

室町には、深入りするなと忠告されたばかりであった。しかしこのような姿を目《ま》の当たりにして、何も言わずに引き下がることはできなかった。

三

鵜飼のことは小田切家の同輩たちに任せ、裄沢は奉行所本体の建物のほうへと移動した。

いったん入り口へ回り、玄関脇の式台《しきだい》から中へ入る。そのまま廊下を真っ直ぐ進み、かつての仕事場であった御用部屋に顔を出した。

「御免」

内与力の中で、奉行所内のことに専《もっぱ》ら従事している唐家がいるかと思ったのだが、お奉行の席のほうを見ても、立て回した屏風《びょうぶ》の陰にいる様子もない。

そこまで見極めていると、横合いから名を呼ばれた。用部屋手附同心時代の同輩、水城であった。

「裄沢。もし姿を見せたら、内座の間へ顔を出せとの言付けを承《うけたまわ》っておる」

「唐家様からか」

「無論、そうだ」

お奉行は、お城への出仕のため御番所はもう出ているほどの刻限である。にもかかわらず内座の間に来いということは、鵜飼の騒ぎはもう知れ渡っているということだと思われた。

礼を言って御用部屋から出ようとしたところで、また水城から声を掛けられた。

「なんだ、唐家様から呼ばれているのだぞ」

少々殺気立っているのが、自分の声が尖《とが》っているのを聞いて判った。

それでも水城は「まあ待て」と平静な声で返して、足を部屋の隅のほうへ向ける。見ていると、どうやら刀掛けから自分の刀を取り上げたようだった。

刀を置き直した水城は、手に何かを持って戻ってくる。

「内与力様にお会いするのだ、元結まではどうにもならぬが、せめて髪ぐらいは直してから行け」

差し出してきたのは笄《こうがい》だった。男物の笄は髪飾りではなく、本来の目的である髪を整えるために使われる。

刀の鞘《さや》には、鍔元《つばもと》近くの両側面に凹《へこ》みが入れてある。一方には小柄《こづか》（当時の小型ナイフの一種）を差し込むが、伊達者《だてもの》はもう一方に笄を差しておくのだ。

「済まない」

自分のぶっきらぼうなもの言いへの謝罪を含めて、水城に礼を言った。

それより少し前、北町奉行所内座の間。いまだ奉行の小田切は登城前で、他には内与力の唐家と深元の二人だけがいた。

「それにしても、少々面倒なことになりましたな」

内与力の中で、外との折衝《せっしょう》に主に携《たずさ》わっている深元が、眉を寄せながら言った。

「鵜飼が、先方の言っているようなことをしたとは、なかなか考えにくいのですが」

唐家が困惑げに己の考えを口にする。

「先方は、何と？」

奉行の小田切の問いに、深元が答える。

「相も変わらず、自分たちの御用に鵜飼が余計な口を挟んできたとのみ。確かなことかと問えば、自分たちのほうで不始末をしでかしておきながら、こちらの言い分を疑うのかと、気色《けしき》ばんでくるような有り様で」

「話し合いにならぬか」

「そもそも、まともに話し合いをする気があるのかどうか……」

深元は、もはや匙《さじ》を投げんばかりの言いようである。こうなってみると、外との交渉事は経験豊富で老獪《ろうかい》な唐家のほうが適任であったと思わざるを得ない。

もっとも、唐家は小田切家の家令《かれい》も兼務していることから、旗本としての小田切家の折衝では矢面《やおもて》に立つ立場にある。これに町奉行としての折衝を重複させてしまうと、個人的な付き合いを町奉行という公職の権威と結びつけて妙な期待をしてしまう輩《やから》が出かねないため、両方兼任とはなかなかいかないのだ。

「とはいえ、向こうの言いなりになるわけにもいきますまい」

唐家の意見に、奉行も深元も反論はしない。内心では同意しているのである。

「こうなってみると、あの者を隠密廻りにしておいたのは、僥倖《ぎょうこう》であったか」

奉行の小田切がぽつりと言った。

「あの者にございますか……調べを、お任せになるので？」

深元の問いに答えず、小田切は別な質問を発した。

「あの者、本日はどこにおる」

「今月は南町《みなみまち》奉行所が月番ですので、おそらくは市中に出ておるかと」

非番月に裄沢が何をしているかは、鳴海より報告が上がっているようだ。

さようか、と小田切が続けようとしたところで、襖の外から慌ただしく呼び掛けてくる声が聞こえてきた。

三人の中で最も歳若で、呼ばれた襖にも近い場所に座した深元が、立ち上がって向かう。

「何ごとだ、騒々しい」

言いながら、襖を開けた。

外から呼び掛けていた小田切家の家臣は、中に奉行である殿様もいることを確認しつつ答える。

「は、申し訳ござりませぬ。が、火急の用件でして――先ほど、鵜飼殿が自身の長屋で腹を召されようと致しまして」

「何っ、それで鵜飼の容態《ようだい》は」

「は、幸いにもちょうど鵜飼殿のところを訪れた町方の裄沢殿が気づかれまして、制止しようとされているところに我々も駆けつけ、何とか止めることができました」

「誰も怪我などはしておらぬのだな」

「は。鵜飼殿をはじめ、一人も傷を負うた者はおりません」

小田切が手許の書付を脇に置き、立ち上がろうとした。

「儂《わし》からも声を掛けてやらねばの」

その小田切に、唐家が注意を促す。

「殿、しかしながら、そろそろ登城の刻限にござりますが」

小田切は、ム、と唸《うな》って迷う素振りを見せた。それを見て、深元が申し出る。

「鵜飼のところにはそれがしが参りますので」

小田切は、やむを得ず自分で向かうのを諦めた。

「では、深元に頼もう。くれぐれも、鵜飼を独りにはさせぬようにな」

そして、唐家のほうへ視線を移して言う。

「裄沢がこちらに来ておったというのは幸いだったな——あの者には、唐家から指図をしてもらおうか」

「承知仕《つかまつ》りました。では殿、そろそろお支度を」

唐家に促され、小田切は内座の間を後にする。鵜飼のところへ向かうべく、深元も座をはずした。

鵜飼の長屋に向かった深元が途中で裄沢と行き会わなかったのは、深元が玄関前を素通りして建物の中を真っ直ぐ進み、一番鵜飼の長屋に近い与力番所外陣《よりきばんしょげじん》から外へ出たからだった。

一人内座の間に残った唐家は、近くにいた同心を呼びつけて用事を申し付ける。

御用部屋へ足を運び、おそらくはそちらに顔を出すであろう裄沢へ、内座の間に来るよう伝言させたのだった。

「失礼致します。裄沢にございます」

襖の外からの声に、唐家は「入れ」と応じた。

裄沢が襖を開けて顔を出す。そのまま入室してきて、入ってすぐのところで膝を折った。

「お呼びにより参上致しました」

「閉めて、こちらへ」

　裄沢は指図に従い、唐家の前に座し直す。

「まずは、鵜飼の危急に駆けつけ、押し留めてくれたことに礼を申す。よくやってくれた」

「その場にあれば誰でもしたはずのことです。礼は無用に願います」

　そうか、と応じた唐家はしばし無言になる。裄沢が、珍しく身じろぎした。

「長屋に残してきた鵜飼が気になるか。そちらには、深元殿に向かってもらった。殿（奉行の小田切のこと）からも、決して鵜飼を独りにさせぬようにとのお言葉をいただいておる。皆が気を配っておるゆえ、そなたも落ち着け」

　そう宥められて、裄沢は「申し訳ありませぬ」と頭を下げた。

　唐家は一つ息を吸い、改めて口を開く。

「さて、そこでこたびの一件だが――」

「それは、鵜飼様と加役助役のお方のことでよろしいでしょうか」

　唐家は自分の言葉を遮《さえぎ》られたことへは言及することなく、ただ頷く。

　裄沢は、「口を差し挟みまして申し訳ありませんでした」と頭を下げて先を促した。

「隠密廻りのそなたに、この一件を調べてもらいたい。これは、殿のご意向である」

唐家の言葉に、裄沢は一瞬考える様子を見せた。

「お指図には従いますが、いくつかお伺いしてもよろしいでしょうか」

「何だ」

「こたびの諍《いさか》いは、言うなれば町方と加役との領分争い。それがしが嘴《くちばし》を差し挟むことによって、この領分争いの火種が燃え広がることになりかねぬのを懼《おそ》れますが、それは気にせずともよろしいのでございましょうか」

「何もせずに座したまま向こうの言い分を鵜呑《うの》みにするわけにはいかぬ。ましてや、鵜飼があのように思い詰めておるとなれば、なおさらのこと。

こちらはこちらで正しい主張をするためには、まずは何がどのように起こったのかを正しく知らねばならぬ。それをするのに、向こうに遠慮することはない。そなたの存念に従い、堂々と調べを進めるがよい」

「では、それがしの調べと定町廻りや臨時廻りの調べの在り方につきましては。一緒に調べを進めるべきにござりましょうか、それとも別個に」

「互いに調べたことを教え合うことに障《さわ》りはないが、それぞれで調べてもらったほうがよいかと考えておる。そのほうが、新たなことが判明する目も増えるやもしれぬからな」

加役とお奉行との話し合いがこの先控えているとなれば、いつまでも調べを長引かせるわけにはいかない。そうした中での探索となれば、確かにそれぞれのやり方でいくつかの方面から調べを進めたほうが有効かもしれなかった。

「承知仕りました。ではこたびの一件について、唐家様の知るところをお教えいただけましょうや」

裄沢の願いに、唐家は一つ頷いてから話し始めた。

四

「その一件があったのは、小石川と雑司ヶ谷の間、音羽町《おとわちょう》一丁目の自身番《じしんばん》の前のことであった。鵜飼が何をしにそんなところまで行ったのかは、あまり定かではない。当人は、『非番だったゆえ、何とはなしにそぞろ歩いていた』と申すばかりでな。

ともかく、刻限は八つ（午後二時ごろ）過ぎであったと言う。鵜飼が護国寺《ごこくじ》のほうへ歩いていくと、その寺のほうから馬に乗った侍と、供の徒士《かち》二人がやってくるのが見えた」

現在では江戸川《えどがわ》と言うと東京と千葉の境を流れる川のことだが、当時は江戸城の西北、ちょうど外濠《そとぼり》が神田川と呼び変えられる辺りに北から流れ込む川を江戸川と称した。当時の江戸川は、神田《かんだ》上水《じょうすい》の余《あま》り水《みず》を集めて西から流れ下り、神田川の北に差し掛かるところで急に流れを南へ屈曲させて流れ落ちてきていた。

音羽町は、その江戸川近くから真っ直ぐ北々西方向へ護国寺まで延びる、四半里（約一キロメートル）を超える細長い町である。通常の町は江戸城に近いほうから一丁目、二丁目となっていくが、音羽町は逆に護国寺に近いほうから江戸城へ向けて一丁目、二丁目となっていって九丁目までである。これは、往時の五代将軍綱吉《つなよし》が、母のために建立《こんりゅう》させた護国寺を起点としたからだとされる。

「ことは、鵜飼がちょうど音羽町一丁目に差し掛かる辺りで起こったという。騎乗の侍は、もうすぐそこですれ違おうかというところまで来ておった。そのとき突然、自身番の陰から男が飛び出してきたのじゃ。

馬の前まで出てきた男は、慌ててその馬を避けて道の端に寄ったそうな。突然馬前を横切ろうとしたとはいえ、馬を驚かすようなこともない程度に間は空いて

とした男を引っ捕らえさせた。

が、男の前で騎馬の侍は馬を止めた。で、供の者に申し付けて、馬前を横切ろう

いたと鵜飼は申しておる。

男は道の端に土下座して騎馬の侍やその供の許しを乞《こ》おうとする様子だった

そうした一部始終を目撃した鵜飼は、騎馬の侍やその供と、捕らわれそうにな

っておる男との間に入ろうとした――双方の言い分がおおよそ合致しておるの

は、ここまでじゃ。ここから先は、それぞれの申すことに違いが生じておる」

「それでは、先方の言い分をお聞かせ願えますか」

「……まずは、鵜飼の話から聞こうとするかと思うたが」

「それは、後でご本人から伺おうかと存じます」

「そうか――では、向こうの言い分じゃの。

先方によれば、火付盗賊改の奥野だと、早々に名乗ったと申しておる。にもか

かわらず鵜飼が男を解き放つよう強引に言い募《つの》ってきたということじゃ」

「男を捕らえたは、馬前を無理に横切ろうとした無礼を咎《とが》めたということにござ

いますか」

「いや、身形や様子が怪しかったゆえ、引っ立てていって取り調べるつもりであ

り、鶏飼へもそう申したと言っておる」

「御馬先召捕《おうまさきめしと》りにございますな」

町奉行が江戸の市中を管轄としているのに対し、火付盗賊改は関八州《かんはっしゅう》（関東地方）のほとんどを持ち場としている。ために加役を命ぜられた先手組の組頭は、騎乗して広大な管轄地域を見回ることも期待されていた。

そうした加役の組頭が、出会った先で咎人を発見し捕らえるのが御馬先召捕りである。前述の長谷川平蔵も、見回りの際に怪しいと睨んだ男を配下に捕らえさせてみると、実は大盗賊だったということがあったと言われている。

「そうじゃな――しかしながら鶏飼は相手のその言を聞いても謝るどころか手を退《ひ》く様子もなく、なおも男を解放するよう求め続けたと言う。それがどうしても通らぬと知るや、では町奉行所でことの真偽《しんぎ》を調べると申し、男の身柄の引き渡しを求めてきたそうな。

先方からすれば、これは手柄の横取りじゃ。ゆえに当人を叱り置くだけでは済まさず、我らが殿にまで直々《じきじき》に苦情を申し述べてきたという次第」

なるほど、と相鎚《あいづち》を打った裄沢は、ほんのわずかの間黙考した。そして気になったことを確かめる。

「ことが起こったのは、音羽町の一丁目に差し掛かったところということでしたが、自身番は一丁目の端にあるのでございますか」

「音羽町一丁目と二丁目の自身番は組合（共同設置）じゃ。ゆえに双方の町の境近くに置いておるのであろう」

「先ほどのお話では、男が馬先に飛び出してきたのは自身番の陰からということでしたが、それは一丁目と二丁目の境となる横道から、ということでしょうか」

「はて、そこまでは……鵜飼は、自身番の陰からと申しておったの。それを先方には確かめもせなんだが」

「いえ、重箱の隅を突《つつ》くようなことをお聞きして申し訳ありませぬ。それがし自身で調べますので、お聞き捨てください」

「これで、捕まった男が実は何の罪も犯してはいなかったというのであれば、まだ違っていたのであろうが……」

　溜息をつく唐家に、裄沢が問う。

「何かやっておりましたのか」

「その捕まった男だが、音羽町一丁目にある開健堂《かいけんどう》と申す薬屋の先代の倅《せがれ》で、名は貞吉《さだきち》。先月二十六日の夜に今の見世の主である彦次郎《ひこじろう》という男を刺し殺し、金を奪って逃げていたと申す」

「その先代の倅というのは、次男か三男坊で、実の兄を手に掛けたということですか」

「いや。先代にはその倅一人しか子はおらなんだが、どうにも商売には向かぬという話になり、先代の店主は自分の倅ではなく番頭の彦次郎に見世を譲ったということらしい」

「それはまた、珍しい話ですな。代替わりのときに、ずいぶんと揉めたのでは」

「代替わりの際には、貞吉のほうも得心しておったやに見えたということだが、こうなってみると、やはり心の内はまた違っておったのであろうな。

見世を継いだ今の店主――かつての番頭の彦次郎は、先代の倅のことをずいぶんと気に掛けていたようだ。金子《きんす》も、見世の者にはなるべく知られぬように少なくない額を何度も渡していたらしい」

「何度も、ということは、先代の倅はまともな暮らし方をしていなかったと?」

「らしいな。普段は寄りつこうともせぬのに金がなくなると現れて、そのたびに無心をしていったと言う」

「今の店主も気苦労が絶えなかったでしょうな。しかし、ついに見切りをつけたか、あるいは先代の倅のほうが、彦次郎の渡してくる額ではとてものこと足りないような何かを起こしたか」

「そうかもしれぬな。もしくは、自分が見世を継げなかったことにずっと蟠《わだかま》りを持っていて、何かのきっかけでそれが表に出てしまったのやもしれぬしな」

「罪が明らかになったというのは、捕まった当人が認めたからということでしょうか」

「貞吉が捕まった後、次第に明らかになっていった話もあっての。彦次郎が殺された晩に、貞吉がやってきて金のことで彦次郎と口論になっていたのを、帰りしなの通《かよ》い番頭《ばんとう》・兼五郎《けんごろう》が聞いておったという話が出て参った。

なんでも、主の彦次郎が追い立てるように家へ帰そうとしてくるのを不審に思っていたところ、いつの間にか入り込んでいた貞吉と彦次郎の言い争う声が聞こえてきたそうな」

大きな商家の奉公人は原則として全員が住み込みだが、番頭まで上り詰めて見世の主に認められれば、外に所帯を持ち通いで勤めることもできるようになる。

「そのような言い争いをしていたのに、番頭はそのまま見世を出て帰ったというのですか」

「以前に同じようなことがあったとき、気にして顔を出したところが彦次郎からえらい剣幕《けんまく》で怒られたそうでな。気にはしつつも、そのまま帰るしかなかったということじゃ」

「他の奉公人からも、同じような話が?」

「貞吉がいつの間にか見世の中に入っておったというのは、どうやら彦次郎が秘かに呼び入れたためらしい。言い争うのも、見世仕舞いの後で奉公人がいない場所へわざわざ出向き、声を殺すようにしてやっておったそうな。

ゆえに、兼五郎以外の者は貞吉が見世へやってきておったことも知らなんだと言う」

「となると、先代の倅の貞吉が咎人というのはほぼ確定でしょうか」

この問いには、唐家から答えは返ってこなかった。そう考えざるを得ない、ということであろう。

ならば、鵜飼が貞吉の捕縛を邪魔した行為に、まともな名分は立たないことになる。裄沢の探索も、収穫を得るのは難しかろう。

判っていながらそれには触れることなく、唐家は話柄《わへい》を変えてきた。

「で、鵜飼の申《もう》し条《じょう》のほうも、いちおう聞いておくか」

「いえ、先ほども申し上げたとおり、まずはご当人から直《じか》に伺おうかと」

「まあ、そのほうが聞き間違い、伝え間違いもないからの」

「直接ご当人の口から聞いたほうが、その場の有り様をまざまざと実感できることがありますゆえ。ことの真相を探るには、そうした気持ちの在りようも大事かと心得ております——せっかくのお心遣いに沿おうとせぬ身勝手、真《まこと》に申し訳なく。

　後で確認のために唐家様にもお尋ねすることがあるやもしれませぬ。その際にはよろしくお願い申し上げます」

「よい。殿も苦慮なされておることじゃ。実際、何があったかを明らかにすることこそ大事。そなたはそのために、全力を尽くしてくれればよい」

　ここで、「苦境を打開するために」などとは言わずに「状況を明らかに」と言うところが、小田切主従の信頼できる点だ。もし真相を究明した結果、全て先方の言うとおりとなれば、お奉行は躊躇い一つ見せずに潔《いさぎよ》く頭をお下げなさるだろう。

　裄沢は、もう一つ気合いを入れ直した。

「では、それがしはもう一度鵜飼様のところへ」

「うむ。真相究明が何より大事じゃが、あ奴のことはできるだけ気遣ってやってくれ」

唐家はそう言って、裄沢の退出を許した。

五

奉行所本体の建物を出た裄沢は、また鵜飼の長屋の前に立った。まずは一つ、戸口の前で大きく息をする。

こたびは中に何人か人のいる気配がしており、戸口ではそっと声を掛けた。中から現れたのは、小田切家の家来らしき若い侍だった。

「隠密廻り同心の裄沢と申します」

まずはそう述べたところ、「おお、あなたが！」と大袈裟な歓迎をされた。

「あなたのお蔭《かげ》で、鵜飼殿は命拾いしたと聞いております。よくぞお救けくだされた」

手を取って、感謝を伝えてきた。

「いえ、当然のことをしたまでですので――それで、お会いできますでしょうか」

「裄沢殿は、皆に後を任せてその場をはずされたと聞いておるが」

「それがしは町方役人にござる。こちらが落ち着いたとなれば、まず何よりもお奉行様や内与力の方々にご報告せねばなりませんでしたので。

　そしてその際、こたびの一件に関し、北町奉行所としての調べをそれがしが行うよう命ぜられました」

「それは……では、どうぞ中へ」

　迎えてくれた若い侍に従い、裄沢はまた長屋の中へ踏み込んだ。部屋の中には、手前の座敷に一人、奥の座敷に鵜飼の他に二人の侍が詰めていた。いずれも、鵜飼とさほど歳の違わぬ者に見えた。

「深元様は、もうこちらをお出になりましたのか」

　迎え入れてくれた侍の背に問うと、振り向いて答えてくれた。

「自分がいると却って気疲れするだろうとおっしゃり、様子をご覧になってひと声掛けた後は、我らに後を託してすぐにお戻りになりました」

「さようですか」

「で、裄沢殿は、殿のご下命で再びいらしたと」

「あれからどうなったか、気になっていたということもありますので」

「では、我らははずしたほうがよろしいでしょうな」

そう言うと、出迎えてくれた男は奥の部屋に声を掛けた。同時に、目顔でその場にいた者らへ退席を促す。

鵜飼は、部屋の真ん中で誰と話すでもなく少し先の畳へ視線を向けたまま端座していた。部屋の中に声が掛かると、その顔が裄沢のほうへ向く。顔色は少し戻ったようだが、生気のない表情をしていた。

「いくらか落ち着かれましたか」

退出していく者らと入れ違いで入室した裄沢は、鵜飼からわずかに離れたところで膝を折りながら言葉を掛けた。

「裄沢さんには、ずいぶんとみっともないところをお見せしました」

沈んだ声でそう詫び、ふと気がついたように言葉を足した。

「まさか、拙者のせいでお怪我などなさってはいませんよね」

「掠《かす》り傷《きず》ひとつ負ってはおりません」

「それは、よかった」

「それがしが腕に飛びついたとき、鵜飼様はこちらに怪我をさせないよう、刃を他へ向けようとしてくだされましたから」

「そんなことは……」

「鵜飼様がその気であれば、それがしなど簡単に振りほどくことができていたはず。それをなさらなかったのは、本身《ほんみ》を手にしたまま揉み合うようなことをしたならば、それがしを傷つける恐れがあったから。

あのようなお心持ちの中であっても、鵜飼様はきちんと気を配っておられました」

その言葉に沈黙した鵜飼は、視線を畳に落としたまま別なことを言い出した。

「あのとき裄沢さんは、このまま吾が死ねば、向こうの言い分を全て認めたことになるとおっしゃった。それでは、却って殿にご迷惑が掛かると。

それでもう一度考えてみたのですが、やはり吾の勇み足ではなかったかと。取り返しのつかぬことをしたと、後悔しております」

「先方の言い分については、唐家様からざっとしたところを伺いました。それだけ聞けば、確かに先方が正しいようにも思われます。

ですが、お付き合いは短いとはいえ、鵜飼様とは仕事の上で丸一日一緒に過ごしたこともあったのを踏まえて申し上げますと、先方に全く非がない中で鵜飼様が余計な手出しをしたとは、簡単には信じられずにおります。

鵜飼様のお立場から、あのときどのようなことがあったのか、それがしにお聞かせいただけないでしょうか――このようなもの言いは、鵜飼様にすれば傷口を抉《えぐ》るようなまねとも思われましょうが、押してお願い致したく存じます」

裄沢は、深く頭を下げた。

「お直りください。御番所としても小田切家としても、それは当然聞き出すべきことだというのは判っているつもりです。どうせ誰かに聞いてもらうなら、相手が裄沢さんだというのは、むしろ吾にとってありがたいことです」

「そう言っていただけると、あまり心苦しさを覚えずに済みます。では、よろしくお願い申します」

裄沢の願いを入れて、鵜飼は訥々《とつとつ》と話し出した。

「吾はこのごろ、非番で特にやることもない日は何をしようということもなく、ただ出歩くことが多いのですが、あの日もそのようにして足を北へ向けました。外神田から本郷を通り水戸《みと》様のお屋敷の前を抜けて、どんど橋（船河原橋《ふなかわらばし》）のところで神田川沿いから江戸川沿いへと道を採り直しました。音羽町に至ったところで護国寺を目指したのも、ただの気紛れです。

九丁目のほうから道なりに北へ向かって、もう護国寺も近いかと目をやったところ、その寺のほうからやってくる騎乗の侍が見えました。その侍には、徒《かち》（徒歩）の供二人がついていました。

騎乗の侍とは二丁目から一丁目へ入ってすぐの辺りですれ違おうとしたのですが、そのとき突然、番屋の陰から一人の男が飛び出してきまして。吾よりも騎乗の侍のほうに近かったものですから、侍は馬の脚《あし》を止めさせたのですが、吾も突然のことで歩みを止めてしまいました」

「お話の途中で申し訳ありません。確認をさせていただきたいのですが、その飛び出した男というのは、一丁目と二丁目の境となる横道からではなく、番屋の建物の陰から出てきたのですな」

「ええ。番屋は一丁目と二丁目の境近くではありますが、角地に建っていたわけではありませんから。吾の目には、番屋の建物の向こう側から飛び出したように見えました」

現地を直接見なければ断定はできないが、おそらく男が飛び出すところは騎乗の侍からならはっきり見えていただろう。裄沢は途中での口出しを鵜飼に詫び、話の続きを求めた。

「はい。それでは――。

飛び出してきた男は勢い余って手や膝を地面につけておりましたが、自分が何をやったかは判っていたのでしょう、立ち上がることなく手足を使い道の端まで戻って、そのまま土下座をしました。

騎乗の侍がどうするかを見ていましたら、一度止めた馬をゆっくりとした歩調で男のほうへ寄せていきます。侍が『面《おもて》を上げよ』と声を掛けると、供の二人が男を押さえつけ、無理矢理顔を上げさせせました。

すると男の顔を見下ろした侍は、『そのほうは、開健堂より盗みを働き、主を殺した貞吉に違いなし。ここで我に出逢《でお》うたが年貢の納めどきよ。召捕《めしと》れぃ！』と大声で言い放ち、供の二人に縄を掛けさせたのです」

ここで、鵜飼は一つ溜息をついた。

「騎乗の侍が『召捕れ』と言ったり、供の者らがあらかじめ縄を携えていたりしたところで、その者らが加役であると気づくべきでした。それを、吾は……」

「しかし鵜飼様は、馬上の侍が男をひと目見て咎人だと決めつけたことに違和感を持たれたのですな」

「ええ……ひと目見ただけなのに、そんな乱暴な話があるかと。それで、引っ立てようとする供の者らのところへ割って入り、止めようとしたのです。

吾は、ともかく目の前が自身番なのだから、いったん男をそこへ連れていって落ち着いて確かめたらどうだろうかと声を掛けたのですが、供の者らは吾の言うことに耳を貸そうともせず、『お頭が咎人だという以上は間違いない』と言うばかりです。さすがに吾もいささか昂奮して、乱暴なことを口にしてしまったような気がします。

それまで黙っていた騎乗の侍が、自分は火付盗賊改方だと身分を明かしました。それでも吾は先方のやりように得心がいっておりませんでしたので、改めて加役だと知ったお方にも同じ願いを差し上げたのです。しかしながら加役のお方のほうも、吾の言うことをお聞き届けにはなりませんでした。吾の身分と名を聞いた後ひと言、『お上の仕事を邪魔したことは、そなたの上役に抗議する』とだけ述べて、捕らえた男を引き連れた供と一緒に去っていきました。

浅はかにも、吾がたいへんなことをしてしまったとはっきり気づいたのは、ようやくそのときだったのです」

鵜飼は、自嘲《じちょう》の言葉で話を締めた。

「そうでしたか……ですが、加役がひと目見ただけで目の前の男を特定の一件の咎人と定めたことも、その咎人が偶々《たまたま》加役の前に飛び出してきたというのも、なかなかあり得ないことのように思えます。

唐家様からのお指図もありますので、それがしはそれがしなりに調べを進めようかと思います。少なくともそれが明らかになるまでは、どうか早まったことはなさいませぬよう」

裄沢がそう願うと、鵜飼は俯《うつむ》いたまま頷いた。

裄沢は「さっそく調べに入る」と言って鵜飼に別れを告げ、待機していた小田切家の家臣に後を託してお長屋を出た。

裄沢の足は、そのまま表門へと向かう。鵜飼に告げたとおり、ことの次第の調べに手をつけるためである。

六

裄沢は、奉行所を出て目についた髪結床《かみゆいどこ》で元結が千切れかけた髷だけ結い直してもらうと、そのまま鵜飼と加役のやり取りがあった音羽町へと向かった。

日本橋界隈のような大いに賑わっているところであれば、大通りの両側は隙間ないほど商家が建ち並び、番屋のほとんどは横道へ引っ込んだところに建てられる。しかし、すぐそばに畑地が広がっているような場所ではなかなかそうはならない。

音羽町の江戸城《おしろ》に最も近い九丁目には、裏通りに子供屋（客を他の者が営業する貸座敷へ案内し、女郎を派遣するという形態の岡場所）があるのだが、通りがかる者の手を客引きが握って離さず、ときには客の懐まで探るような強引なことをする、あまり人気《じんき》（風紀）がよいとは言えない場所だった。

一丁目、二丁目のほうは護国寺に近く参拝客も多いから人気はずっとましになるが、さすがに郊外にほど近いため、大通りにびっしりと商家が立ち並ぶほどの賑わいはない。一丁目の番屋は、大通りに面して二丁目との角から三軒目に建っていた。

なお、ここに大きな通りが作られたのは前述の将軍綱吉建立の護国寺《てら》があるためだが、神田や日本橋などと比べればさほど人通りがあるわけでもないのにこの道幅が維持されてきたのは、下谷広小路などと同様、幅の広い道がそこで火事の際の延焼を食い止める効果があると考えられていたからである。

裄沢は、鵜飼が歩いたのと同じ方角からやってきて、番屋の前に立ってみた。

さらに通り越して振り返ってみる。

番屋の北側——加役がやってきた護国寺側は、すぐに隣の建物が建っているわけではなく、いわゆる三つ道具《みつどうぐ》（刺股《さすまた》や袖搦《そでがらみ》などの捕り物道具）を立て掛けたり、半鐘《はんしょう》を吊《つる》す火《ひ》の見梯子《みばしご》を設置するための空き地になっていた。さらには、空き地の裏には別な建物があるから、どこかから懸命に駆けてきてそのままの勢いで道へ飛び出したとは考えにくい。

つまりは騎馬で通るほうも、道へ飛び出すほうも、相手のことは事前に認識できていたはずなのだ。

——そうではないかと懼《おそ》れていたが、やはりか……。

裄沢は難しい顔になった。

思い直す顔になった裄沢は、番屋に顔を出すことにした。

「御免」

「へえ、何か用でやすかい」

開け放たれた入り口のそばにいた番屋の定番《じょうばん》（雇われ人）が、見掛けぬ浪人《ろうにん》態《てい》の男へ警戒の目を向けながら問うてきた。

「北町奉行所隠密廻りの裄沢だ」

裄沢は、懐から十手を出して見せて名乗った。なおこのために、本日の裄沢は奉行所で同心詰所に備えられている「少し小ぶり」程度の十手を持ち出している。

「へえ、こいつはどうも」

驚いた顔の定番が、あまり訳の判っていなさそうな返事をしてきた。奥で座していた町役人《ちょうやくにん》か書役《かきやく》らしい男が、背筋を伸ばして裄沢に注目する。

裄沢は、二人を見比べながら問いを発した。

「先日の加役による御馬先召捕りの際、そなたらはここにおったか」

定番と町役人は顔を見合わせた後、町役人が頷くのに従って定番も同じ所作をした。裄沢は、ズバリと核心に触れる。

「その際に捕らわれた貞吉なる男は、加役配下の与力か同心によって、事前にここへ連れてこられていたのだな」

二人は再び顔を見合わせた後、隠す意味はなかろうという顔で町役人のほうが答えた。

「はい。突然火付盗賊改方だと名乗ったお二人が、腕を取った貞吉さんを連れてこられまして。お一人は貞吉さんと一緒にしばらく中に留まっておられましたが、もうお一方はすぐに外へ出ていかれました。

その外へ出たお方が戻って参りますと、残っておられたほうも貞吉さんを伴って皆で外へと。その後のことは、私らは中におりましたので、よく存じ上げません」

本当に外の様子を見ようとしなかったかは不明だが、中に引っ込んでいたというのは嘘ではなかろう。面倒な関わり合いを避けたのだ。

「そなたらが見た貞吉の様子は」

「……ぐったりしているようでした」

事前に捕まえ、罪を認めさせるために責め問いに掛けていたのであろう。それが成ったから、御馬先召捕りをしてみせる段取りが組まれたのだ。

その後のことは、説明されずとも判る。加役の奥野が馬でやってくるのに合わせて、番屋の外で待機していた二人が貞吉を道へ突き飛ばした。

なぜそんなことをするのか。要するに、火付盗賊改の活躍を喧伝《けんでん》するための、道行く者からすれば唐突な「見世物興行」を打ったのだ。

奥野は、自分の前に飛び出してきた貞吉の顔をひと目見たとたん、その名と犯した罪をはっきり示してみせたとのことだった。あらかじめ準備していなければ、そんなことのできようはずはないのだ。

番屋での確認によって、それが実際行われたことだというのが判明した。しかし、これで加役から北町奉行所へ浴びせられた苦情への対処はさらに難しくなった。

あらかじめ用意して行ったこととなれば、誰がどういう罪を犯したのか、判った上で咎人を自分たちのお頭の前に突き出したことになる。つまりは、加役の御馬先召捕りについて、たとえ芝居であったにせよ、観衆の目前で捕縛したこと自体に問題は生じていないのである。

それを止めようとした鵜飼の行為は、御用の邪魔をしたと言われても反論のしようがなかった。

そんなことを考えながら裄沢が番屋の表へ出て再度空き地側へ回ると、背中から声を掛けてくる者がいた。

「何か、お調べかな」

振り返ると、羽織に袴《はかま》姿の御家人らしき侍が二人、並んで立っている。

「どちら様であろうか」

桁沢の問いに、余裕を見せた二人が答えてきた。

「それがしは、火付盗賊改方・奥野猛弘様の配下で飯田《いいだ》と言う」

「同じく、坂下《さかした》――そなたは町方の役人と思うてよかろうか」

問われた桁沢は、自らも名乗りを上げた。それを受けて、飯田が言い募る。

「見たところ、先日の奥野様にそなたのところの下僚《かりよう》が無礼を働いた件について何か画策《かくさく》しておるようだが、下手なまねはすまいぞ」

相手も同心のようだが、陪臣《ばいしん》とはいえ与力にあたる人物を下僚と言い、こちらの行動を画策と述べているのは喧嘩を売っているとしか思えない。これも、自分らのお頭たる奥野の態度を仰ぎ見てのことであろうか。

「画策もなにも、何があったのかを御番所の立場で調べているだけにござる」

坂下が、鼻で嗤《わら》った。

「調べは、こちらでとうに済んでおる。強盗の上の殺しがあったからとて今さら慌てて動き出しても、もう遅かろう」

飯田も同輩の態度に乗っかって言葉を浴びせてきた。

「ああ、自分のところの上役がヘマをしたのを誤魔化そうとしても、そうはいかぬぞ。ここであったことは、多くの者の目に留まっておるのだからな」

「誤魔化そうなどとは露《つゆ》ほども思ってはおりませぬ。ただ、実際にあったことをこちらとしても判らぬところのないよう、明らかにしておきたいだけ」

「ホンにそれだけで動いておると？」

「立場を変えてお考えくだされ。もし、そなた方が我ら御番所よりこうした苦情を寄せられたら、何も自分らで確かめることなく、こちらの言うとおりだとお認めなさるか？」

　裄沢の反論に、飯田は気に食わなそうに鼻を鳴らした。

「なんにせよ、余計なまねはせぬことだ。下手な小細工をしようとて、こちらの目が光っていることをよぉく憶えておくがよい」

「ご忠告、しかと承りました——では、こちらの仕事を続けても？」

「ふん、勝手にするがよいわさ」

　飯田と坂下の二人は裄沢から離れたが、道の向こうで立ち止まってこちらのやることを見張るつもりのようだった。

　——ご苦労なことだ。他にやるべきことがないのか？

　そうは思ったが、こちらから関わっていく気はないため、放っておいて自分のなすべき調べに専念することにする。

ざっと番屋横の空き地を見渡した裄沢は、大通りへ踏み出してまた護国寺のほうへと足を向けた。背後にはあの二人がついてきているようだが、目を向けることもしなかった。

しばらく道の両側の建物を見ながら歩き、表戸の閉まった一軒の商家の前で立ち止まる。

「開健堂——ここか」

貞吉が捕まる原因となった、金を奪われ主を殺された薬屋である。

「ここは《こか》しばらく閉まったままだよ。また開けるかどうかも判らねえしな」

佇《たたず》んで軒《のき》の上の看板を見上げる裄沢に、横合いから声が掛かった。見やれば、けっこう歳のいった老人だった。

老人は見世の端、庇《ひさし》の下に置かれた縁台《えんだい》に腰掛けて裄沢に目を向けていた。近くに住む隠居であろう、暇に飽かせて通り過ぎていく人々でも眺めていたらしい。尻の下の縁台は、薄汚れて壊れかけた様子からすると元から開健堂に設置されていたわけではなく、どこかで拾った物をここへ持ち込んできたようだ。

「見世ぇ守ってた彦次郎《彦さん》が殺されちまって、先代の倅がとっ捕まった。さすがにもうこれまでかもしれねえよ——せっかくこんなとこまで来たのに、あんたさんも無駄足だったねえ」

「そんなにいろいろなところから、ここへ薬を買いに来る者がおったのか」

「あれ、あんたさんもそうだろ？

昔ゃあ赤子の夜泣きや疳《かん》の虫《むし》にいいってちょいと名の売れた薬があるぐれえだったけど、先代のころからぁ熱冷ましにしろ腹下しの薬にしろ、他の見世の物より効き目がいいって話が広がって、何でもよく売れるようになってたのになぁ」

「ご老人は、殺された見世の主や捕まった先代の倅も見知っておったか」

「彦さんは、真面目ないいお人だったよ。捕まった貞吉も、家からちょいちょい金を持ち出すような道楽者《どうらくもん》だったけど、まさか彦さんを手に掛けて金を奪うなんてねぇ……こいつも先代が、甘やかして欲しがるまんま小遣い渡したりしてたからかねえ。彦さんのほうも、縁も所縁《ゆかり》もねえ自分が見世を継いだからって、先代の倅の貞吉にゃあ、大分甘《でえぶあめ》え顔ぉしてたみたいだしねえ。

そいつがとうとう耐えきれなくなって、あんなことになっちまったのか……」

老人が溜息をつく。

貞吉が見世からたびたび金をせびり取っていたというのは、自分の親である先代が店主をしていたころからのことらしい。

そこへ、あの飯田ら二人が話に割り込んできた。

「この見世の薬の効き目がよかったのは、客がよく入るようになって、新しい材料を次々に仕入れられるようになったからであろう」

この時代の薬はほとんどが生薬《しょうやく》であり、動植物の効能ある部位を乾燥させて原材料としている。例外はあっても、素材が変質する前のほうが高い効能を期待できる物が圧倒的に多い。

販売元である薬屋ですら薬の消費期限といった知識が十分とは言えない時代であるから、商品の回転率の善し悪《よあ》しで効果が変わるということもあり得る話だ。

御家人らしき男たちが不意に話に混ざってきたため、老人は裄沢に不審の目を向けた。

「あんたさん、ご浪人さんじゃあなかったのかい」

着流しながら身形がきちんとしていることから、どこかの商家に帳付《ちようつ》けあたりで雇われて、そこそこの暮らしをしている浪人とでも思っていたのだろう。だから、見慣れぬ二本差へ気さくに声を掛けてきたのだ。

坂下が、そんな老人の思い込みをばっさりと断ち切った。

「このお方は町方役人だ。いろいろと妙なことをホザいてると、開健堂との関わりでお白洲に引き出されるようなことんなるかもしれねえぜ」

言われた老人の表情が固まる。そんな面倒ごとは、誰にしろ避けたいと思うのが当然だ。

坂下の口にした言葉に嘘はないから、裄沢としても否定することはできない。何かめぼしいことがあればと老人から話を聞けるのも、ここまでのようであった。

七

結局、飯田と坂下の監視から逃れることはできず、開健堂の奉公人に会うことも叶《かな》わぬまま音羽町を後にすることになった。裄沢はやむを得ずそのまま北町奉行所へ戻ったのだが、飯田たちは途中の筋違御門（神田の西の端近くで神田川に面して建てられた楼門《ろうもん》）を越える辺りまでついてきたようだった。

刻限も、そろそろ夕刻となっていた。奉行所の表門を潜った裄沢は、そのまま右手へ折れて同心詰所に足を踏み入れた。

「おう、ご苦労さん」

今日は一日待機番をしていた臨時廻りの室町が、裄沢を迎えてくれた。

「今日はたいへんだったようだねぇ。余計なことぉ教えちまったかな」

申し訳なさそうに、そう付け加える。

「いえ、お蔭様で大事になる前に間に合うことができました。本当にありがとうございました」

「おう、そいつはおいらも聞いた。で、加役のほうはどうなんだい」

深々と頭を下げると、横合いからもう一人待機番をしていた臨時廻りの石垣が湯飲みを渡してきた。中身はどうやら湯冷ましのようだ。

問われた裄沢は、唐家や鵜飼から聞いた話と、音羽町へ向かってからのあらましを二人に語った。

二人ともに、難しい顔になる。

「そうかい……あらかじめお膳立てされてた御馬先召捕りだったとなりゃあ、こいつは謝るしかねえようだねぇ」

「鵜飼様も、いったんは落ち着かれたようだけど、こいで譴責《けんせき》となりゃあまた自らを責めなさるだろうなぁ」

「自分のことより、お奉行にご迷惑を掛けたこたぁ気にしなさるだろうしな」

臨時廻りの二人は、深刻そうな顔で話し合う。そこへ、裄沢が口を挟んだ。

「まあ、先行きが明るいとは言えませんが、わずかな光はあるかもしれません」

裄沢の言葉に、石垣が不審そうな顔を向けてくる。

「……そいつはいってえ？」

「音羽町で、加役の下僚に邪魔立てされたと言ったでしょう」

「ああ。ただでさえお先真っ暗なとこへ、確かめの邪魔までされたんじゃあ、抗弁するための手掛かりを摑むのだって難しいだろう。てこたぁ、手も足も出ねぇってこっちゃねえのか」

「ぱっと見はそのとおりですが、また別な見方もできそうです」

「そいつは？」

「連中が、なぜ邪魔立てするかということです。本当に自分らの調べに自信があるなら、こちらのことなど放っといて好きにさせればいいだけのはず。小細工して贋《にせ》の証をデッチ上げるようなことだけは、されないための監視が必要かもしれませんが、連中のやり様を見ていると、その限度を超えた邪魔をしてきているように思えてなりませんでした」

「するってえと、連中が濡《ぬ》れ衣《ぎぬ》を着せてるかもってことかい」

「まさかそこまではないとは思いますが、自分らが間違いなく咎人を捕らえたという確信を、いま一つ欠いているという心持ちなのかもしれません」

南北の町奉行所には、与力二十五人、同心が百二、三十人所属している。これに対して火付盗賊改方の本役、助役などの組織一つには、およそ与力十人、同心五十人が配属される。

町奉行所に比べて人数的に大きく不利だと論ずる向きもあるが、町奉行所は町人地の治安維持だけでなく、民事を含む裁判業務、町年寄《まちどしより》以下に組織した町家の統制、物価の監視、消防組織の統轄、道路橋梁《きょうりょう》の維持管理と災害対応その他、多くの業務を抱えている。犯罪捜査は業務の一部にすぎず、そこに宛てられる人員の数も少数に留まっている。

これに対し火付盗賊改方は、ほぼ凶悪犯の探索と捕縛のみに役目が限定されている。人数の対比で、町奉行所のほうが優遇されていると一概には言えなかろう。

むしろ町奉行所が有利なところは、他の点にあった。火付盗賊改方は組頭以下、先手組の中から任意で任命される。寺社奉行に任じられ家臣とともに業務に当たる大名と同じく、新任の時点では誰も犯罪捜査の経験がないところから仕事を始めることになる。番方として弓鉄砲といった武術の稽古しかしてこなかった加役は、家臣に目付や領地の町奉行的な組織を抱える寺社奉行よりも、不利な状況に置かれていたとすら言えるのだ。

これに対し町奉行所の与力同心のほとんどは、先祖代々同じ組織に所属していることで、業務に関する手順も知識も経験も、途切れることなく皆で共有・継承しながら運営がなされていく。

己の為《な》し遂《と》げた仕事にどれだけ自信が持てるのか、その差は大きく出よう。

「そこに、つけ入ることができるかも、ってか」

「はい。勝ち目は薄いかもしれませんが」

「まあ、首打《くびうち》なんぞまで使うような連中だからなぁ」

ここで言う首打とは、本来ならば重罪人として捕らわれるところを見逃される代わりに、手先となって働く密偵のことである。奉行所の廻り方が使うような御用聞きにも犯罪に片足を突っ込んだような者が多かったが、さすがに獄門《ごくもん》になるほどの罪を犯していることが明らかな者を、いけしゃあしゃあと手先にするようなまねはしない。

それを火付盗賊改方があえてやる理由の一つは、前述のように使う側の火付盗賊改方が根源のところで探索の経験や能力を欠いているからである。そしてもう一つは、火付盗賊改方の捜査対象が凶悪犯であり、人殺しを屁《へ》とも思わぬような凶賊を相手にするからであった。凶暴な盗賊たちの動静を探るには、そうした連中と同様の経験を持つことで同じ見方や考え方ができる者から協力を得ることが手っ取り早かったのだ。

これは火付盗賊改方が早期に実績を上げるためには必要な方策であったが、他方でその存在が嫌われる大きな理由の一つにもなった。石垣の言は、それを如実《にょじつ》に表している。

ちなみに、手先とする御用聞きについても同様のことが言えた。火付盗賊改方は、長期に任に就いた長谷川平蔵でも任期は合計で七年ほど、大多数はそれよりずっと短い期間でお役を降りている。

いくら役に立ってくれた御用聞きであっても、その後の面倒まで見てくれた加役など、おそらく一人もいないだろう。そんな仕事に飛びつく連中の質がどの程度であったかは、推《お》して知るべしというところだ。

待機番の二人と裄沢が語り合っているうちに、市中巡回を終えた廻り方が次々と戻ってきた。ほどなく、本日非番の者を除く定町廻りと臨時廻りの全員が揃う。

いずれも鵜飼の失態や、それによって生じた加役の奥野と自分らの御番所との衝突は知っていたが、帰ってきて早々、居残っていた室町から本日お長屋であった出来事を知らされた。ついで裄沢より、自分がこの件の調べを唐家から命ぜられたことと、その後今に至るまでの推移が語られる。

ずっと黙って聞いていた面々の中で、臨時廻りの筧が最初に言葉を発した。

「ふーん。話ゃあ判ったし、裄沢さんが取っ掛かりになりそうなことを見っけたってことも聞いたが、そいで実際は何をやるつもりだい」

「まあ、今後とも俺が動くところには加役の同心が張り付くでしょうから、できることは限られるとは思いますが」

「でも、それで大人しくしてるお前さんじゃあねえよな」

「ええ、どうせ張り付かれるなら、できるだけ派手派手しく動いてやろうかと思ってるんですが」

「ほう？」

「唐家様からは、俺は定町廻りや臨時廻りの皆さんとは別に動いて、両方でできるだけ多くの話を拾ってほしいと言われてますし」

そう言った裄沢は、定町廻りの石子統十郎《いしことうじゅうろう》のほうを見た。

石子の受け持ちは城北《じょうほく》地域、隠密廻りになって早々裄沢が勝手に悪党を吊し上げた池之端を境目《さかいめ》とするすぐ向こう側の、谷中《やなか》や本郷より西側へ広がる土地となる。こたびの一件が起きた音羽町もそっくり含まれている。

次にその石子が口を開いた。

「なるほど。なら、おいらたちゃあ何すりゃいい」

「とりあえず、いつもの市中巡回だけを」

おいおい、という顔になった石子へ、室町が脇から言葉を添える。

「まずは先方を油断させて、裄沢だけが目を惹《ひ》くようにしとこうってことだろ」

「はい。動いていただくときには、こちらから声を掛けますので。ただそのときにも、石子さんか三上《みかみ》さんにはきちんと市中巡回を続けてもらって、もうおひと方のほうにそっと探りを入れてもらう格好にしてもらえればと」

本日は非番でこの場にいない三上鐵太郎《てつたろう》は、石子と組むことの多い臨時廻りである。

「へえ、おいらたちも浪人に化けて隠密廻りのまねっこができるってかい」

面白がった石子の言葉を聞きながら、筧が己の考えを述べた。

「そんときゃあ二人ともに出仕となるけど、待機番もできねえんじゃあ非番を減らさなきゃならねえか？」

「二人だけじゃあなくって、石垣さんや柊さんにも調べを助《す》けてもらやあ、どうにかなるだろ」

「勝手を言って済みませんが、近いうちにお奉行と加役の奥野様とのお話し合いになるかと思われます。その前にできる限りのことをしておきたいとなると、調べにはあの辺りのことをよく知る石子さんや三上さんに当たってもらえればと考えるのですが」

「加役がどこまでこっちのことを知ってるかは判らねえけど、市中巡回もその二人のいずれかがやったほうが、妙な勘ぐりはされねえで済むだろうな」

皆のやり取りの中で、石垣が申し訳なさそうに口を挟む。

「申し訳ねえけど、おいらぁ隠密廻りから転じたばっかかだから、藤井さんの持ち場ならまだしも、その隣の受け持ちとなるとあんまり自信はねえなぁ」

「まあ、そいつは仕方のねえこった——どうでえ、しばらくは非番を一人減らして回すってのは」

「石子さんと三上さんを城北の持ち場に貼り付けられるようにしといても、三上さんの待機番を他の臨時廻りが受け持って、場合によっちゃあ定町廻りに手前の持ち場の隣を見回ってもらやぁどうにかなるか」

「皆さんにご負担をお掛けして申し訳ありません」

「なぁに、裄沢さんのせいじゃねえだろ。鵜飼様たぁまだほとんど関わり合ってねえけど、加役に大え面《でけ　つら》されんなぁ業腹《ごうはら》だ。それに、そんな長引く話じゃねえしな。今日非番の連中も、話ぃ聞きゃ『やりたくねえ』なんて言う奴ぁ一人もいねえだろ」

それで、おおよそ話は纏《まと》まった。

区切りがついたところで裄沢が問う。

「ところで石子さん。一件の因《もと》になった薬屋での盗みと殺しについて、いくらか調べはなさっておられましたか」

問われた石子は苦笑した。

「ああ、それが完全に出遅れちまってなぁ。おいらたちが駆けつけたときゃあ、もう加役の連中が見世ん中に入り込んで、こっちの出る幕はなかった。だから、あんまし詳しいとこまでは、な」

「判っていることだけで結構ですので、後で教えてください。ところで、捕まった先代の倅の貞吉について、どこに住んでいたとかは判りますか」

「さすがにそのぐらいはな。何てえ長屋だったかまでは手控え（備忘録・メモ帳）を見ねえと出てこねえが、小石川戸崎町《とざきちょう》の裏店《うらだな》（裏長屋）よ」

小石川戸崎町は、開健堂のある音羽町一丁目から見るとほぼ真東、半里ほどの距離になる。徳川初代将軍家康《いえやす》の母・於大《おだい》の菩提寺《ぼだいじ》である伝通院《でんづういん》からは北西方向、小石川の薬草園の南端にほど近い場所であった。

「そこには行ってみられましたか」

裄沢は、問いながらわずかに眉を顰《ひそ》めた。

「どうしたい、ナンか不審でもあるって？」

「ええ。よく実家の薬屋へ金を無心に行っていたにしては、少々住まいが遠いなと」

「それに、あんな所《とか》ぁ、ろくな賑わいもねえしな。道楽者《どうらくもん》が住まうにゃあ、確かにちょいと妙な場所だな」

戸崎町の道を挟んだ向かい側には橋戸町《はしどちょう》という町家もあるが、この二つの町の周囲は大して名もない寺や武家屋敷、田畑に囲まれており、北側一帯は薬草園である。近くで遊ぶとなれば、旗本屋敷の中間部屋《ちゆうげんべや》で賭場が開かれているかも、ぐらいしかなさそうだ。

口を挟んできた室町は措《お》いておいて、石子は裄沢の問いに答える。

「貞吉の住まいはちょいと小綺麗《こぎれい》なほうだろうけど、ごく当たり前の割長屋《わりながや》だったねえ」

長屋の四角い建物を、ちょうど「羊羹《ようかん》を厚めの輪切りにする」ように仕切って造られるのが割長屋だ。これに対し、縦半分に切ってから輪切りにするような仕切り方をした長屋を棟割長屋《むねわりながや》と言う。

角部屋を除いて入り口以外の三方が仕切り壁になる棟割に対し、割長屋では入り口とその反対側の双方から陽光や風が入る造りになる。当然、棟割より割長屋のほうが上等で、店賃《たなちん》（家賃）も高い。

「貞吉自身はもう加役に捕まっていたでしょうが、周囲の住人から暮らしぶりなどは聞けましたか」

「ああ。といっても、大したこたぁ聞けなかったけどな——貞吉は、周りの住人たちにゃあ愛想もよくって、見たところは遊び人なんぞにゃあとってても見えなかったってこった。けど、何を活計《たずき》にして暮らしてんのか誰も知らなかったし、長屋に帰ってこねえでどっかに泊まり込んでるようなこたぁ、たびたびあったって話だった」

「すると、周囲の評判はさほど悪くなかったと」

「まあな。得体《えたい》の知れねえとかぁあったから、胡乱《うろん》な目で見てた奴もいたようだけどな」

「開健堂で殺しのあった夜、彦次郎と貞吉の言い争いを聞いたという通い番頭の兼五郎というのは、どういう人物ですか」

「開健堂の近くにもう一軒薬屋があったんだけど、ちょうど開健堂が彦次郎に代替わりする前後で潰れちまってなぁ。兼五郎はもともと、その潰れた見世で奉公してた手代だったのを、拾われて番頭にまでしてもらった男だ。

　本来なら元の見世のほうでお嬢さんの婿に入る話まであったんだけど、見世がそんなことになっちまったから、婿入り話も立ち消えになりかけたんだ。けど開健堂へ移って早々に番頭に引き上げるってことになったんで、元の見世のお嬢さんをそのまんま嫁にしたって話でな。だから、ほとんど初めっから通い番頭だったんじゃねえか。

そんな恩義があるからか、裏表なくよく働く律儀者《りちぎもん》だって評判だぜ。店主が死んで先代の倅がとっ捕まったってことで、この先開健堂がどうなるかは判らねえけど、できることなら兼五郎に跡を継いでほしいってのが、近所の連中が望んでるこったそうだ」

「なるほど」

その後も裄沢は、開健堂での殺しと盗みについていろいろと石子に問うたが、あまり収穫らしきものは得られなかった。

八

廻り方の面々は、それ以外の打ち合わせを終えて解散した。石子と三上が裄沢の要請で「市中巡回以外の調べ」をどう行っていくかについては、廻り方の朝晩の打ち合わせの中で話し合って決めることになった。

同心詰所を出た裄沢は、思いついたことがあって奉行所本体の建物へと向かう。足を向けた先は以前の仕事場の御用部屋ではなく、入って左に折れた先にある例繰方詰所《れいくりかたつめしょ》であった。

「御免」

「おや、裄沢さん。お役が変わったのに、こんなところにご用ですか」

応対に出てくれたのは、用部屋手附として仕事をしていたときから顔見知りの例繰方同心だった。

例繰方は、判例を中心に様々な過去の記録を保管し、必要となるものを要請に応じて提供するのが仕事である。裄沢の以前の仕事、用部屋手附はお奉行が下すお裁きを起草するなど、例繰方へ協力を求めることが数多くあったため、ここには頻繁に出入りしていたのだ。

「実は人別帳《にんべつちょう》を見たいのですが、場所を教えてもらえないかと思いまして。もうお仕事終わりの刻限を過ぎているのに、勝手を言って申し訳ありません」

人別帳は、現代の住民票にあたるような記録である。大家や家持ちなどが集約したものを基に町名主が三部作成し、一部を手許で保管、残る二部は南北の町奉行所へ提出する決まりになっていた。

「それは例の、加役絡みの一件ですか」

裄沢が頷くのを見て、例繰方同心は続けた。

「ならば何もお気になさらず。この御番所全体の名誉が掛かっていることですからな。それに裄沢さんが、唐家様を通じてお奉行様からの直接のご意向で動いていることも存じておりますし」

さすがに、書付に限らずそれらを持ち込む者によって様々なところから噂が集まる場所である。ただ頷いた裄沢へ、例繰方同心は気さくに応じてくれた。

「それでは、書物蔵へ参りましょうか。数がありますから、どうしても保管は向こうになりますので」

礼を言って、例繰方同心についていく。どこの人別帳が欲しいのか訊かれて答えると、お江戸八百八町の全てが網羅されているはずなのに、ずいぶんと簡単に目的の物を見つけてくれた。

再び礼を言って綴《と》じられた紙の束を捲《めく》る。目当ての記述は、ほどなく見つけることができた。

「これは……」

裄沢はそこに書かれていることを、何度も見返してしまった。顔を上げて、使い終わったら元の場所へ仕舞うべく待機していた例繰方同心へ視線を上げる。

「お手数ですが、もう一つ別の土地の物を見せてもらっていいですか」

昂奮を抑えているらしい裄沢の様子に戸惑いながら、例繰方同心は新たな人別帳を探し出すべく、どこの物を求めているのか尋ねてきた。

翌日から裄沢は、再び音羽町のほうに姿を現して、いろいろと見て回ったり人にものを尋ねたりして歩いたが、いつの間にかやってきた飯田と坂下の二人にまた張り付かれた。

ただ見て回る分には何もされないのだが、人を呼び止めてものを尋ねたようなときに話が長引くと、途中から二人が間に割って入る。すると話をしてくれていた人々は、裄沢の正体を知らされたからというより、これもお役人らしき二本差二人の得体の知れなさに距離を空けることになるのだ。

裄沢は二人に対し形ばかりの苦情を述べるが、二人が意に介することはない。裄沢が赴《おもむ》くところにはどこまでもついてきて、何か摑むかもしれないとなったところでやはり邪魔立てに入るのだった。

それでも裄沢は、淡々と己にできる調べを進めていく。それは、裄沢に張り付き、ときにその行動の邪魔をする二人が呆れ返るほどの根気強さであった。

夕刻になって裄沢が御番所に戻ると告げても、二人がそのまま立ち去ることはない。実際に裄沢が神田のほうへ移動し、もはやこれから音羽町の辺りへ戻っても陽が落ちてしまって何もやれることはなかろうとの判断ができて、やっと裄沢を追うのをやめるのだった。

数日後、夕刻の打ち合わせのため御番所の同心詰所へ戻ってきた裄沢は、その日待機番の臨時廻りからお奉行がお呼びだとの知らせを受けた。打ち合わせには遅れることを告げて奉行所本体の建物に入り、指定された内座の間へ向かう。

「裄沢にございます。お呼びにより参上しました」

目的の座敷の前に至って声を掛けた。

「入れ」

許可に応じて襖を開けると、中には奉行の小田切と内与力の唐家の二人だけがいた。小田切は文机《ふづくえ》の前で何やら書き物をし、唐家はそのそばに控えている。

「仕事の途中だ。中に入ってしばし待て」

言われたとおり、閉めた襖のすぐそばで膝を折って待機する。

小田切は顔を書面に向けたまま、さらさらと筆を動かしながら話し掛けてきた。

「本日お城で、京極備前守《きょうごくびぜんのかみ》様よりお声掛けがあっての」

「京極様……若年寄《わかどしより》の京極様にございますか」

若年寄は幕府において老中に次ぐ重職と見なされる役職である。町奉行は老中支配だが、火付盗賊改方は若年寄支配となっていた。

奉行の小田切はウムと肯定し、先を続けた。

「奥野との一件はどうなっておるかとのお問い合わせでな」

町奉行は三奉行の一角として、老中とともに評定所《ひょうじょうしょ》での合議に参加するが、火付盗賊改方にはそのような場はない。お城でそうした話を持ち出すならば、上役である若年寄に告げるぐらいしか手立てはないのであろう。

「儂は京極様へ、『明日当奉行所にて奥野殿を迎えその話をすることになっておりますゆえ、そこで話は纏《まと》まりましょう』とお答えした」

「明日、にございますか」

「昨日、奥野殿より日を指定してそちらで話をしたいとの申し入れがあっての」

「相手の都合を考えぬやりようでございますな」

唐家が、淡々とした口調ながら冷えた声で口を挟んだ。小田切は、感情を交えることなく話を続ける。

「本日の京極様からのお声掛けは、その催促《さいそく》であろう。なれば、先延ばしはできぬと考え、先ほどのような返答をしたということじゃ。奥野殿にも、ここへ戻って早々、さように返事を出した」

いつ話し合いに応じるのかという再三の催促への北町奉行所《こちら》の引き延ばしに、業《ごう》を煮やした奥野が強硬手段に出たというところか。

若年寄の京極が奥野と結託《けったく》しているということはおそらくないであろうが、苦情を持ち込まれた若年寄が奥野の期待どおりに動いた以上、お奉行の判断は妥当だろう。

唐家が、座したまま裄沢のほうへ向き直る。

「で、じゃ。ときがなかった上に急にこのような話になったのは気の毒じゃが、情勢からはそうも言っておれん——そなたの探索のほうは、今どうなっておる」

わずかに考えた裄沢は、奉行と唐家のほうへ顔を上げた。

「明日のその奥野様との話し合いの席に、それがしも立ち会うことはできましょうや」

「……そなたに考えがあるということじゃな」

「少なくとも、こちらだけが頭を下げて終わるようにはならぬかと」

唐家と裄沢のやり取りに、小田切は筆を置いた。

「何も、向こうの言い分をそのまま拝聴するために来てもらうわけではない。こちらはこちらで主張があるからには、そのための調べを行った者を立ち会わせるのは当然のこと」

小田切の返答に、脇から唐家が確認を入れる。

「裄沢、自信はあるのじゃろうな」

「実は、いつ動き出そうかと機会を伺っていたところでした。今ここでこうなったのは、まさに天の配剤《はいざい》かと」

「ほう。詳しく聞かせてもらおうか」

小田切は書付を脇に置き、真っ直ぐに裄沢を見た。

九

火付盗賊改方助役の奥野猛弘は、配下の与力同心数名を従えて北町奉行所の表門を潜った。

刻限は午過《ひるす》ぎの八つ半（午後三時ごろ）。北町奉行所側は、内与力の唐家と深元を先頭に、数人の与力同心で出迎えた。同じ内与力の鵜飼はいまだ謹慎中で姿が見えなかったが、なぜか隠密廻りの裄沢が、出迎えた一行の中で唐家のすぐそばに立っていた。

本日は袴まで身に着けた町方装束の裄沢を、お頭の奥野に従って北町奉行所に到着した飯田が見つけた。集団の最後尾にいた飯田は、お頭のそばに寄り添う与力の下まで足早に近づき、その耳元で何かを囁いた。二人の目が自分へ向けられていることに、裄沢は気づかぬふりをした。

配下の同心を手前の侍詰所《さむらいつめしょ》に残し与力二人だけを伴った奥野は、内寄合座敷《うちよりあいざしき》に案内された。ここは本来、南北の町奉行や町年寄らが定期の会合を開く際に使われる部屋だが、その予定のない本日、火付盗賊改方の一行を迎えるための場としたのだ。

座敷の中では奉行の小田切が待っており、その脇に唐家と深元が着く。さらに遅れて裄沢が入室し、唐家の斜《なな》め後ろで膝を折った。

小田切の正面に対する形で座に着いた奥野へ、飯田から耳打ちされていた与力が何かを告げた。

「本日はよくお越しくだされた」

　奉行の小田切が挨拶を述べようとしたところで、奥野がそれを遮る。

「小田切殿。そこの後ろに控えておるのは、ただの同心ではないか。なぜに加役を勤める先手組組頭と町奉行との話し合いの場に、取るに足らぬ下僚が顔を出しておるのか」

　互いに向かい合った初《しょ》っ端《ぱな》で浴びせ掛けられた厳しい言葉にも、小田切が動揺を見せることはなかった。わずかに裄沢が座すほうへ上体を向けてから、身体を前へ戻しつつ返答を口にする。

「これは、こたびの一件で当奉行所からの確認としていろいろと調べさせた者にござる。詳しい状況を知る者がこれから行う話し合いで必要になるものと思い、同席させたまで」

「こちらの言い分が、間違っておると？」

「万に一つも間違いがあってはならぬと思うたがゆえ、同席させました。もし双方の主張に食い違いが生じたならば、何が正しいか確認は必要となりましょうから」

「そのようなお考えならば、こちらもその場にいた者を呼んでよいか」

「ご随意に。役宅まで呼びに行かれるのであれば、しばしときを置きましょうか」

「そこまでは必要ない。すぐそこに控えさせておるゆえ」

そう言った奥野は、配下の与力に指図を行った。いったん座敷を出た与力が伴ってきたのは、飯田と坂下の二人だった。

新たに入室した二人は、旗本最高の顕職とも言われる町奉行の面前に引き出されて、さすがに緊張を隠せぬ様子であった。

小田切は奥野が呼び出した同心二人には関心を向けることなく、「では始めてもよろしいか」と口火を切った。

頷いた奥野は、己が巡回で音羽町を通ったときに馬上で見聞きしたことを、自身の活躍を誇張しながら語った。

「その際に捕らえた貞吉は後に、確かに開健堂の主彦次郎を殺したと認め、口書《くちがき》(供述調書)に爪印《つめいん》も押しております。こうした加役としてのお勤めを目の前にして、そこもとの家臣たる鵜飼某《なにがし》とやら申す若造は、我らによる咎人の捕縛を邪魔立てしようとした。決して許されるべきことではないと存ずるが、小田切殿のお考えをお聞かせ願いたい」

堂々と言い放って、胸を張った。

対する小田切は、穏やかな顔のまま背後を向いて「裄沢」と呼び掛ける。「は」と応じて軽く低頭した裄沢が、お奉行に代わり口上を述べた。

「奥野様からのお話、たいへん興味深く伺わせていただきました。そのご返答を差し上げる前に、手順としてやっておかねばならぬことがあろうかと愚考致します」

奥野は自分への返答を同心風情《ふぜい》に任せた小田切にも、またまともな返答もせずに別なことを言い出した同心にも気分を害していたが、とりあえずは気を落ち着かせて「何か」と問うた。

裄沢なる隠密廻りの同心は、平然とした顔で言ってきた。

「まずは、そちらで捕らえた貞吉の身柄を、いつこちらへ引き渡していただけるか、その確認をさせていただきたく」

「は？」

突拍子もないことを言われて、思わず思考が停止した。ついで、怒りがジワジワと湧いてくる。

「もしや儂の聞き間違いであろうか——こちらで捕らえた咎人を、引き渡せと？」

「はい。今、そのお話を差し上げました」

「ほう。北町奉行所は、加役の手柄を横取りするのが当然だと思うておるのか。のう、小田切殿？」

問いは町奉行に向けられたが、これに答えたのも裄沢だった。

「いえ。捕らえられた貞吉をどうするかは、失礼ながら火付盗賊改方ではなく町奉行所の管轄となりますので、その殺しがあった当時月番を勤めていた当御番所へのお引き渡しを願っただけにございます」

さすがに怒鳴りつけようとした奥野へ、裄沢は「まずはこれをご覧くだされ」と何やら書かれた紙を差し出してきた。

そのどこまでも落ち着いた様子に、奥野は自分の与力へ目顔で合図して受け取らせる。その手を経由して奥野へ紙が渡った。

「……これは？」

「音羽町一丁目――開健堂がある場所についての、人別帳の一部を書き出したものにございます。ただし、まだ書き換えの時期に至っておりませんので、死亡した者がそのまま記載に残っておりますが」

奥野は、手許の紙に目を落とす。そこには、次のように書き記《しる》されていた。

一　生国《しょうごく》御《ご》当地《とうち》　家持《いえもち》　　貞吉
　　薬屋商売　　四十二歳
　真言宗《しんごんしゅう》　音羽町　護国寺
　此者儀《このものぎ》ハ小石川戸崎町住居ニ付　後見《こうけん》　　彦次郎㊞

一　生国御当地　家持名代《みょうだい》　　彦次郎㊞
　　薬屋商売　店主名代　　六十四歳
　真言宗　音羽町　護国寺

じっと紙を見つめる奥野へ、裄沢が言葉を添えた。

「そこにありますとおり、開健堂の主は彦次郎ではなく貞吉。彦次郎はあくまでも名代として見世を預かっていただけということになります――こちらに、貞吉が住まう小石川戸崎町の人別の写しもございますが、当然こちらの記載でも、貞吉が開健堂の主となっております。

貞吉が開健堂を離れたのはまだ先代が見世をやっていた二十年以上も前のことだそうですから、誰が見世の本当の主かを知る者は、当人たち以外にはもう残っていなかったのかもしれません」

新たな紙を手に取って、先ほどの与力へ渡そうとする。与力は、どうすべきか奥野のほうを覗った。

「このような物」

与力を無視して手にある紙を放り捨てようとした奥野に、裄沢は続ける。

「お上の記録としてかようになっておりますからには、貞吉が開健堂の主であることは動かしがたい事実。お疑いなれば、同じ物は南町奉行所とそれぞれの町名主のところにもありますゆえ、お確かめいただければと」

「ただの町奉行所宛ての書付であろう」

吐き捨てた奥野へ、小田切が口を開いた。

「お上の定めに基づく記録にござるが、奥野殿はそこに異論が？」

奥野は、鵜飼による越権行為を咎めるためにこの場へ来ている。そうである自分が、町奉行所で担当するものと定められた業務へ口を差し挟むような越権行為を行えるわけがない。

小田切の追及に、奥野は苦い顔になった。

「たとえそれがお上に認められた事実であったにせよ、それがどうだと申すのだ。こちらで捕らえた咎人を、なぜ指を咥《くわ》えて見ていただけの町奉行所へ引き渡さねばならぬ」

この反論に、裄沢は間を置かず発言した。

「火付盗賊改方が捕らえるべき咎人は、火付け（放火犯）と盗賊、博徒《ばくと》（博打打《ばくちう》ち）、それらに付随して詐欺《さぎ》や強請《ゆすり》を働く者にございますな」

「だからどうした」

裄沢の迂遠《うえん》な話しぶりに、奥野は苛々《いらいら》と結論を催促する。

「奥野様のお話によれば、貞吉は開健堂での盗みと人殺しの咎で捕らえられたということにござりましたが、貞吉は開健堂の主なれば、自分の見世の金をどうしようがそれは主である貞吉の勝手。盗みは成立致しませぬ――なれば、貞吉に掛けられるべき疑いは単なる人殺し。盗賊の類が凶行の際に殺したのでも、盗みの他に人殺しもしていたというわけでもないとなれば、火付盗賊改方の担当外。この一件は、町方の管轄となりまする」

「そんな馬鹿な話があるかっ。加役に人殺しを捕らえて裁く権能《けんのう》が与えられておらぬなど！」

「無論のこと、盗みを働いての殺し、火付けで人を殺《あや》めることになったときなどは、火付盗賊改方にも咎人を捕らえて裁くことが認められておりまする」

「勝手な言い分を。話にならぬ」

「奥野様。あなた様は火付盗賊改方が作られた当時の経緯《いきさつ》をご存知でいらっしゃいましょうか」

奥野は「そんなもの」と吐き捨てたが、知らぬことは明らかだった。裄沢は、構わず話を進める。

「ことの起こりは寛文《かんぶん》（一六六一～七三）のころと申しますから、厳有院様《げんゆういん》（四代将軍家綱《いえつな》）が大樹《たいじゅ》（征夷大将軍《せいいたいしょうぐん》）であらせられた時分の話となりますでしょうか。

町奉行所だけでは対応しきれぬほどに悪事を働く者が増加したことを憂慮《ゆうりょ》した当時のお上は、時期はそれぞれ違うようですが、火付改《ひつけあらため》、盗賊改《とうぞくあらため》、博打改《ばくちあらため》の三つのお役を創設し、先手組組頭や御持組《おもちぐみ》（将軍の弓鉄砲の管理係）組頭へ加役をお命じになったことが始まり。後にそれらを一つに統合して、火付盗賊改方のお役になったと申します。

火付改を新設した理由は申すまでもないことでしょうが、盗賊改については、盗人が入る先は町家に限らず、武家屋敷でも神社仏閣でも見境《みさかい》なく悪行に及ぶものの、町方ではそちらへの探索の手が及びかねるため。また、江戸の御府外においては一、二万石の小大名の領地、お旗本の知行地《ちぎょうち》、勘定奉行の下僚たる代官が支配するお上の直轄領などが複雑に入り組んでおり、それらの捕り手が盗賊を追ってもひとたび領地の境を越えられてしまえば直接の手出しができなくなり、容易に逃げられるという事態が頻発したため。

博打改についても、賭場が開かれるところとして、旗本屋敷や大名家下屋敷の中間部屋、寺社の一隅などがよく使われることから、やはり町方、お目付、寺社奉行といった既存《きそん》の組織では探索の及ばぬところが生ずるため。

こうした理由から、火付盗賊改方には町人地、武家地、寺社地を問わず探索を行える権限が与えられて取り締まりを行うと定められたのです。

ちなみに詐欺や強請などが権限の内に入れられた理由《わけ》ですが、当時で言えば旗《はた》本奴《もとやっこ》や町奴《まちやっこ》などの、盗賊の集団というより拗《す》ね者《もの》の集まりについては、威圧して譲らせたことにする、借りるとか後で払うとか言って取り上げて返却も支払いもしないといった、盗みとの境界線上にある悪さまで範囲に含めないと、一網打《いちもうだ》尽《じん》とはならずに捕《と》り零《こぼ》す者が出てしまうからだと思われます」

「フン、つまらぬ話を長々と。だからどうだと申すのだ」

「ただ今ご説明したとおり、関八州の多くを持ち場とする上、御府内においてすら町人地、武家地、寺社地を問わず探索の手を伸ばせるという、火付盗賊改方には他のお役には与えられていない非常に幅広い権限が付託《ふたく》されております。なれば、その幅広い権限に対しお上が制約を課すのもまた当然のこと。火付盗賊改方は、火付改、盗賊改、博打改のそれぞれが元より期待されていた捕り物に、その活動の範囲を留められていることになっておりますし、その三つのお役には、単なる人殺しを捕らえたり裁いたりする権限は含まれていないのです」

「……そのような」

「過去の事例を見ましても、ご老中からお指図あるか火付盗賊改方のほうで自ら申し出られるかの差はあれど、こうした場合いずれも咎人は町方に引き渡されておりまする」

裄沢の言葉に一瞬唖然《あぜん》とした奥野は、「どうしても手柄を横取りせんとか」と吐き捨てた。そこへ、小田切が言葉を添える。

「盗みと殺しの咎人として奥野殿が手許に置き続けたとて、いずれご老中へお伺いを立てることになりましょうが、そうなればこちらとしても座視しておるわけには参りませぬ。こちらはこちらで、ご老中へ申し立てをすることとなりましょう——これが我ら、町奉行所が携わるべき仕事であるからには、やはり黙ってお譲りしておくわけには参らぬかと」

遠島《えんとう》以上の重い刑を下す際には老中の裁可が要る、という原則は、当然火付盗賊改方にも適用されるのだ。

再三述べているように、火付盗賊改方はそれまで犯罪捜査の知識経験など全くない集団が突然命ぜられて就くお役であった。加えて、前任者や先達として任に就いている者からの業務伝達などもほとんど行われなかったようだ。

寛政四年（一七九二）の九月から加役の助役となった太田資同《おおたすけあつ》も、先達である長谷川平蔵に何度も教えを乞《こ》いに行ったが体《てい》よくあしらわれただけだった、という記録が今に残っている。長谷川も、人に伝授できるほどの系統立った手法《ノウハウ》は備えていなかったということかもしれない。

加役というのはそんな面々であるから、自分がお役に就く前の記録などがきちんと残っているはずもない。裄沢に「それはあなたの仕事ではなくこちらの領分だ」と言われても、まともに反論できるだけの論拠も抗弁《こうべん》の理屈も持ち合わせてはいなかったのだ。

確かに火付盗賊改方から町奉行所へ咎人の身柄が移された事例はいくつもある

し、主張に理屈も通っている。もし奥野が突《つ》っ撥《ぱ》ねたとしても、町奉行所なら例繰方の記録を基に自分らの主張に有利な「先例」を添付して老中へ申し立てれば、まず間違いなく願いどおりになるはずとの自信があった。

桁沢が、加役相手に堂々と主張できた所以《ゆえん》である。

――意地を張って貞吉を手許に置き続ければ、これもまた自分が鵜飼を指弾している「越権行為」そのものになりかねない。それでも強行してご老中から「町奉行所に任せよ」とのお指図が出てしまえば、さらに恥の上塗《うわぬ》りとなってしまう。

そう判断した奥野は、どうにか怒りを抑えるのに精一杯になっていた。

十

「お待ちくだされ」

そう声を上げたのは、奥野が伴ってきた与力だった。

「そこな同心の申したとおり、我らが取り締まるべき者らには、詐欺や強請《ゆすり》を働く者も含まれておりまする。貞吉がたびたび見世へやってきて無心をし、金をせびり取っていたことは明らか。なればこの一件で行われたは、強請と人殺しだと申してよろしいのでは。それなればこれは、我ら火付盗賊改の領分でありまする」

　相手の早口の主張へ、裄沢は冷静に反論する。

「先ほど申し上げたとおり、貞吉が開健堂の主である限りは、たとえ店主名代や番頭からどれほど抗議されようとも、己の判断で見世の金の使《つか》い途《みち》を決めてよいのが道理。奉公人が無理にこれを止めようとしたならば、咎は奉公人のほうにあることになりましょう。

　ただもし、貞吉が持っていこうとした金が、すでにどこかへ支払うべきものとして見世が約束したことになっておらば、それを無理に持ち出そうとすることはお上よりお叱りあるべき行為となるやもしれませんが――そのような事実がお調べで出てきておりますか？　もしあるなれば、どこの誰へのどのような支払いでその額はいくらだったのか、今この場でお知らせいただけましょうや」

　裄沢からの質問に、与力は答える言葉を持たない。小細工するだけのときが与えられたならいくらでもデッチ上げられようが、今下手なことを言って、もし辻《つじ》褄《つま》の合う細工がきちんとできなければ、その責めは自分が負わなければならなくなるのだから。

与力から返答がないことを受けて、裄沢の視線は飯田らへ移る。

「与力殿はご存知なくとも、実際に調べに当たった方々をちょうど奥野様が呼んでくださいましたので、そちらからお話をいただいても結構ですが」

急にそんなことを言われても、飯田にせよ坂下にせよ、誤魔化す言葉が出てくるはずもない。ただ狼狽《うろた》えていると、お頭の奥野がこちらを振り向いた。どう見ても怒り顔で、思わず身体が縮こまった。

奥野にすれば、人別帳の確認などというごく当たり前なはずの段取りの手を抜いて、かような事態を招いた配下に当然のごとく怒り心頭《しんとう》に発していた。

そんな相手方の面々の感情など知らぬふうに、またも裄沢が口を開いた。

「それから、そちらの与力殿は、貞吉がたびたび開健堂へやってきて無心をし、金をせびり取っていたとおっしゃいましたが、こちらの調べではまた違った事実が出てきておりますが」

「まさか、そんな」

与力の反応に意識を向けず、裄沢は淡々と説明する。

「そもそも開健堂で売っている薬が、他と違った名を付けられた特別な物というわけでもないのに効きがいいと評判になっているということが不思議でした」

「だからそれは、売れるから店に並べる品がすぐに捌《は》けて、いつも新しい材料で作れているからだって話しただろうが」

音羽町で同じことを言っていた飯田が、思わず場を忘れたぞんざいな言いようで口を出してきた。

「すでに客が引きも切らないほどの見世になっているならそういうこともあるでしょうが、そうした評判が立つようになったのは先代店主のころからだったということです。

では、先代店主は売り上げの目途《めど》も立たないまま、古い材料をみんな捨てて全て新しい材料で薬を作り始めるようなことをやったのでしょうか。昔のことを知っている老人に尋ねても、開健堂がそうした喧伝《けんでん》をして評判を取ったなどということを憶えている者はいないようでしたが。

評判がジワジワ広がるまで、客には黙って新しい材料だけ使い続けていた？　効きがいいと皆に広まるようになるまでは、今までと売れ行きはそう変わらないでしょうから、悠長《ゆうちょう》にそんなことをしていたら、貞吉が見世から金を持ち出すようなことをしていなくとも、開健堂はとうに潰れていたでしょうね」

「では、違った何かがあったと言うのか」

「たびたび見世から金を持ち出すようなことをして、遊び人だとか道楽者だとか言われていた貞吉の住まいが、小石川戸崎町の長屋だということを不思議には思われませんか。

見世へ頻繁に金を引き出しに来るにはだいぶ離れた場所ですし、かと言って女を買ったり飲み歩いたりできるところが多い場所でもありません。評判どおりの人物だったら、同じ音羽町の中で子供屋のある九丁目とか、あるいはその先の牛《うし》込赤城下《ごめあかぎした》（名のある岡場所があった）辺りに住まうのではと思えるのですが」

「……ではなぜ、戸崎町なんてところに住んでいると？」

「小石川戸崎町の北隣は、お上の薬草園です」

裄沢の話を聞いて頭を巡らせていた奥野が、得意げに言ってきた。

「なれば、薬草園から効能の高い薬草を盗んで、見世の薬を作らせていたのであろう。それを材料《ネタ》に脅されていたがために、先代の店主も彦次郎も金を渡さざるを得なかった。

なればこれは、脅しをした者による殺しだな。我ら火付盗賊改方の仕事の内だ」

「それはどうでしょうか。開健堂は先代店主のころから彦次郎が殺されて店を閉じるまで、長い間ずっと評判で在り続けた。もしそれが薬草園から盗んだ薬草のお蔭であったならば、貞吉はその長い間ずっと薬草園から薬草を盗み続けていたことになります。一度や二度ならまだしも、今まで捕まるどころか盗みに気づかれることすらなく過ごしてこられたというのは、どうにも考えづらくはありませんか」

「では、何だと言うのだ」

「貞吉は、家を空けていることが多く、外泊もよくやっていたそうですが、それにしては近隣の岡場所で貞吉を見掛けたという話や、どこぞに妾《めかけ》を囲っているなどといった話が一つも耳に入ってきません。それはなぜか——貞吉が家を空けて頻繁に足を運び、ときに泊まっていたのは、薬草園の中にある養生所だったからです」

養生所は、八代将軍吉宗が設置させた貧窮者《ひんきゅうしゃ》を対象とする医療施設であり、看病する者のいない困窮した病人や行き倒れなどを収容した。治療費、食費その他の経費を、対象者から受け取ることはなかったという。

「小石川養生所？　なぜそんなところに」

「先ほどの奥野様のご推察とは全くの逆、貞吉は養生所で薬の提供や投薬の研究と相談などを行っていた。場合によっては収容者への喜捨《きしゃ》をすることも間々あったと申します。

貞吉が開健堂から得ていた金は、自身が暮らすのに必要な分を除いたほとんどが、こうしたことに使われていたのでしょう」

「馬鹿な。薬草園だけではなく養生所もお上の施設ぞ。運営に必要な金は十分給されているはずだ」

「お上より給される金にも限りはあります。養生所の医者がいかほど清廉《せいれん》だとて、給付される金の枠を越えた治療は行えませぬし、より重篤《じゅうとく》な者が入ってくれば、まだ本来なら手許に置いて看《み》ていたほうがよい患者だとて、出さざるを得なくなることもありましょう。薬だけ与えて帰さざるを得ぬという、苦渋《くじゅう》の選択を迫られることもあるというお話も伺っております。

貞吉は、そうした療養所からもあぶれた者へ、今後の暮らしのためによく喜捨をしておったやに聞いております」

「しかしそれが、そなたの申す開健堂の薬の効き目とどう関わりがある」

「貞吉は、療養所で無償の手伝いをする中で己の知識も生かし、そこで働く医者とともに薬の効能を高める方法をいくつか見つけたのではないでしょうか。

そしてそれを、開健堂での調薬に生かした。薬の名を変えるほどではないわずかな違いであれば、どこでも買える物として他の薬屋と同じ名で出していても、効能には確かに違いが出た──それこそが、貞吉が金を無心していた事情であり、先代店主にしても当代の彦次郎にしても、評判になる薬を売り続けるため必要な出費として、貞吉の要請に応じ金を出し続けた理由でしょう。

貞吉が彦次郎に見世を任せて養生所に入り浸《い》り続《びた》けたのは、自分には商売よりもそちらの仕事のほうがずっと性《しょう》に合っているし役にも立つと知っていたから。先代も同じ考えであったから、貞吉の行いを認めたのだと思われます」

「だが、そんな立派な行為をしておったならば、なぜ貞吉も開健堂もこれまでずっと隠しておった。皆に広めれば大いに見世の喧伝になったであろうし、貞吉も道楽者などと周りから誹《そし》りを受けることなどなかったであろうに」

「貞吉自身、人に褒《ほ》めそやされることを好まぬような性格《たち》であったのかもしれませんが、より大きな理由が他に考えられます」

「それは？」

「療養所への配慮です。もし、開健堂の薬が療養所での成果に基づき高い効能になっていると他の薬屋が知れば、そのためにこれまで開健堂がどれほどの金を費やし、貞吉が長い年月いかほど力を注いできたかなどということを一切無視して、『一つの薬屋だけ依怙贔屓《えこひいき》をしている』といった類の苦情が療養所へ殺到してもおかしくはありません。貞吉は、ただでさえ多忙な医師たちに、そのようなことで無駄な苦労をさせたくはなかったのではないでしょうか。

一方で、己の得た高い効能の薬の調合という知識を大事な見世へ渡すことは当然だと思っていた。そうでなければ己が見世に求める金が、見世にとっては溝《どぶ》に捨てるのと変わらぬことになりますし、見世でこうした薬を売れればわずかでも市中の者へ己の成果を広めることもできますから。やめようとは、考えもせなんだでしょう」

奥野は、己の配下の与力同心を見渡しながら言う。

「そんなことは、貞吉からは全く聞いてはおらぬはずだが」

「それがしは奥野様のところの詮議の有りようを見たことはありませんので、定かな話は致しかねます。もしやこういうことも有り得るかも、ということなら述べられますが」

「聞こうか」

「貞吉は、捕らわれた当初はまだ療養所に迷惑が掛かることを案じる気持ちのほうが強く、黙っていたのかもしれません。詮議にあたる者が、貞吉の何か隠し立てをしている様子から罪を犯していると確信し、ただ『吐け』、『罪を認めよ』と責め立てて貞吉の言い分を全く聞こうとしなければ、途中で考えを改めたとてこうした弁明を受け止める者がいないままとなりましょう」

最初から咎人で間違いないと決めつけて、言い分など全く聞こうとせずに責め問いに掛け無理矢理認めさせたというのが実態であろうとは思ったが、それをあからさまに口にはしなかった。あえて相手がどうにか飲み込める程度まで、手を緩めた表現をしてみせたのだ。

追い詰めすぎて激高されてしまったのでは話し合いが決裂し、貞吉を解放してやることができぬままに終わってしまう懼れがあったからだった。

長谷川平蔵のようなごく少数の例外を除いて、火付盗賊改方は庶民からは怖れられ嫌われる対象であった。その大きな理由の一つは、周りの者からすると訳も判らぬぐらいの些細な疑いで容疑者を引っ捕らえ、責め問いに掛けて無理矢理罪を認めさせるような強引なやり方をしたことにあった。「加役はいくつもの冤罪《えんざい》を生んでいるような連中で、いつ自分もその被害に遭うか判らない」と、庶民からは見られていたのである。

火付盗賊改方がこうした手法を取らざるを得なかった事情については、前述のように組頭から同心《うえした》まで全員が経験も知識もない者らに、突然大きな権限を与えて「明日から凶悪犯を取り締まれ」とのみ伝えて放り出すようなことをされたからだと考えれば同情の余地はある。ただ、捕らわれた者ばかりでなく、同じ仕事に携わる者を含めて巻き込まれる面々にすれば、とてものこと堪《たま》ったものではないのだが。

奥野はもう一度己の配下たちを見渡したが、視線を合わせようとする者は一人もいなかった。お頭の咎めるような目を逃れようとしてか、坂下が苦し紛れの問いを発する。

「そなたの言い分を聞いておるといろいろと調べ上げたような口ぶりだが、我らが見ておったところ、さような調べをしておるようにはいっさい見えなんだが」

「当御番所で探索にあたる者は、それがし一人のみではありませぬ。音羽町や小石川戸崎町を持ち場とする定町廻りもおれば、その補佐に就く臨時廻りもおりますから」

「……そなた、我らを謀《たばか》っておったか」

裄沢が自分たちに対する囮《おとり》であったと、ようやく気づいた飯田は憤然として声を上げた。裄沢は平然と返す。

「何のことでしょうか。それがしはただ、己の分担となる探索に当たっていただけ。飯田殿と坂下殿には、『それがしなどには構っておらず、ご自身がなさるべき探索に向かわれたほうがよいのでは』と何度もご忠告申し上げましたが、お聞き入れなされませんでしたな。

飯田殿方がのんびりとそれがしのやることを見、ときに茶々を入れておった間、我らは必要な調べを皆で進めていたというだけにござりますれば」

裄沢の言いように、飯田は二の句が継げなくなった。奥野の強い視線を感じるが、怖くてそちらには目を向けられない。

十一

ふと何かを思い出したように、また裄沢が口を開いた。

「そうそう、大事なことを申し上げるのを忘れておりました。開健堂で彦次郎が殺された夜、貞吉は夕刻前から翌日の昼前までずっと養生所で、当番だった見習い医師とともに重篤な患者を診《み》ておったと、その見習い医師がはっきり証言しております」

ついでのように話された内容がじんわりと頭に染み込んできて——衝撃が奥野らを襲う。

「！　貞吉は咎人ではないと申すか」

絶句する奥野へ、裄沢は目を向ける。

「ご案じ召されますな。おそらく本当の咎人であろう者のところへは、すでに当御番所の定町廻りが捕縛に向かっておりますので」

「いったい誰がそうだと？」

「ずっと小石川の養生所にいて開健堂へは行けたはずのない貞吉を、見世で見掛けたばかりでなく彦次郎と争う声も聞いたなどと申した者には、それなりの理由があったはず」

「……番頭の、兼五郎か」

舌打ちせんばかりの顔になった奥野が、ハッとして裄沢に問う。

「番頭が咎人なれば、殺しをした上での盗みとなるはず。その男の身柄、こちらに引き渡してもらえるのであろうな」

番頭の兼五郎はとんでもなく怪しいが、今の時点で間違いなく咎人だと定まったわけではない。そんな男を奥野のところへ送ってしまえば、またどのような力業《ちからわざ》で罪を認めさせてしまおうとするか判ったものではない。

いや、これまでの行状を考えると、兼五郎の身柄を押さえたのをいいことに、自分らの過ちを隠蔽《いんぺい》すべく無理矢理にでも貞吉を咎人に仕立て上げようと、新たな小細工をしてくるという懸念すら拭えないのだ。

そんな相手の言うことが聞けるはずもない。裄沢は、己よりずっと身分の高い者の願いをバッサリとぶった切った。

「なぜでございましょうか。ただの人殺しは町奉行所の管轄ゆえ貞吉のお引き渡しを願いましたが、盗みと殺しを働いた者を捕らえて裁くのは、町奉行所と火付盗賊改方の両方に課せられた仕事。

にもかかわらず北町奉行所《こちらが》で捕らえた者を火付盗賊改方《そちら》へ引き渡せというのは、先ほどの奥野様のお言葉をお借りすれば、それこそ手柄の横取りになりは致しませんでしょうか」

裄沢によるしごく真っ当な指摘に、奥野は顔を引き攣《ひつ》らせる。

裄沢は淡々と続けた。

「奥野様は、巡回の途中で偶々《たまたま》出くわした貞吉を開健堂での盗みと殺しに関わりある者と見極めて問い詰め、その場で取り押さえさせたほどのご慧眼《けいがん》をお持ちのお方――いや、ご謙遜《けんそん》はいりませぬ。番屋に詰めておった町役人をはじめ、幾人もの者がその折の奥野様のお言葉を聞いておりますれば」

ただ怪しいと睨んで引っ括ったところ、実際に凶悪な犯行を重ねた咎人だったというならまだしも、ひと目見て「○○の一件の咎人だ！」と断ずることなど、千里眼《せんりがん》や天眼通《てんげんつう》（予知・透視能力者）でもなければできるはずもない。

これは、あらかじめ捕縛が済んでいる貞吉を馬の前に突き飛ばし、あたかも奥野が瞬時に看破したように見せかけた田舎芝居である。それを調子に乗った奥野がやり過ぎて、妙な科白《せりふ》まで口走ってしまったがゆえにおかしな事態になったのだとの指摘であった。

持ち上げる形で裄沢に皮肉られて、奥野は返せる言葉もない。

「それがしが聞いたところによれば、当御番所の鵜飼様が奥野様の御馬先召捕りに遭遇《そうぐう》されたとき、馬の前に出てきた貞吉は飛び出してきたと申すより、何者かに突き飛ばされて倒れ込むように道に現れたとのこと。その後馬先から下がる際にも、立ち上がることすらできず這《は》いずるようにしながらどうにか道の端に寄ったそうにございますな。その様子はまるで、誰かに痛めつけられてから奥野様の御馬の前に放り出されたかのようであったと聞いております――いやこれも、見た者が多数おりますので、わざわざ奥野様方に追認していただく必要はございません」

実際には事前に捕らえていた貞吉を責め問いで痛めつけて無理矢理自白させた後、御馬先召捕りを成立させるべく段取っていたということだが、それもあからさまには言葉にしない。ただ、否定させぬように多数の目撃証言があることは相手に認識させておいた。

「まるで足腰が立たぬようにしか見えぬ者が盗みや殺しを働いて逃げてきた男だと耳にして、鵜飼様はどう思われたでしょうか。奥野様の言葉と、目の前で蹲《うずくま》るように這いつくばっている男の様子を比べてみれば、何やら誤解があるに違いないと考えて当然のように思われますが。

なれば奥野様の命ぜられた召し捕りを、鵜飼様がいったん思い留まるよう口を出されたのも無理からぬことと存じますが。鵜飼様はお上の御用の妨《さまた》げをしたとの仰せですが、実際のところ貞吉にはお縄を受けねばならぬような謂《い》われは一つもなかったことにございますし――あれこれの事情をご勘案いただき、ご寛恕《かんじょ》いただければと願うところにございますが、いかがでしょうか」

真っ直ぐ見てきた裄沢へ、奥野は厳しい顔になって何か言おうとした。それに被せて、裄沢はまた発言を続ける。

「無論のこと、奥野様がどこまでも筋を通したいとおっしゃるのであれば、当御番所としても奥野様のお考えを尊重するのに吝《やぶさ》かではございません。

その際には当然、奥野様のお考えに合わせて、こちらとしても誰からも後ろ指を指されぬようなきっちりとした筋の通し方をするとお約束申しましょう――奥野様のお召し取りに対し、当御番所が調べ上げた一件の経緯について、本来の咎人に対する処罰のお伺いとともにご老中に申し立てることと致します」

どうあっても鵜飼の処罰を求めるならば、こちらも奥野たちの「やらかし」いっさいを手心加えることなく報告するぞ、とはっきり言ってのけたのだった。

「……………」

無言になった奥野へ、唐家が言葉を掛けた。

「奥野様、いかに。当御番所の鵜飼のこと、ご寛恕いただけましょうや」

「……判った」

返答は、乗り込んできたときの得意げな話しようからは、考えられないほどに小さな声でなされた。

「用は済んだな。帰る」

ぼそりと言った奥野は、挨拶もなく席を立つ。配下の与力同心は慌てて奥野に従い、町奉行所側の面々もゆっくりと立ち上がった。

座敷内にいる町奉行所側の最下僚として案内に立つべく裄沢が出口側の襖へ先行しようとすると、その前に奥野が立ち塞がった。

奥野は、間近で裄沢を睨みつけるようにして問う。

「そなた、名は」

「北町奉行所隠密廻り同心、裄沢広二郎にございます」

「憶えておこう」

言い捨てて裄沢による案内を無視し、自ら襖に手を掛けようとした奥野の背中へ、裄沢は「奥野様」と声を掛けた。

奥野が振り向く。

「咎人を一目で見抜くことができる慧眼をお持ちだという自負、大いに恭敬《きようけい》すべきものと存じ上げますが、僭越《せんえつ》ながらその慧眼を御馬先召捕りよりも前にまず用いておられれば、こたびのようなことはなかったのではと残念でなりません」

「……」

「火付盗賊改方の与力同心は先手組より選出されると伺っておりますからには、いずれのお方もまずは不慣れなところからお始めなさるのはやむを得ぬことなれど、せめて選ばれたときに備えて前もって心づもりをしておられた方や、虚心坦懐《きよしんたんかい》に学ばれる心をお持ちの方などをお集めになっておらば、また違った結果になっておったのではと」

「！」

火付盗賊改方の人員は、本役や助役などそれぞれの組織ごとにおおよそ与力十人、同心五十人で構成されると書いたが、先手組の人員体制は、組頭一人に対し与力七名、同心三十名ほどである。不足する人員は、他の先手組より補充して埋めることになっていた。

また、組頭が火付盗賊改方を命ぜられても、その組の下役として所属している全員が火付盗賊改方の与力同心としてお役に就くわけではない。病身や能力不足などと思われる者ははずして、その分補充人員を増やすことが認められていたのである。

もう一つ、火付盗賊改方は役料として追加支給される俸禄より持ち出しのほうが多い損な役回りだが、先々の出世のためにあえてこのお役を望んで功績を挙げようとした者も少なからずいたとも書いた。この物語の奥野も、そんな中の一人である。

では、火付盗賊改方の下役として仕事に従事させられる与力同心はどうかといえば、それは当人たちの仕事への向き合い方によるところが大きい。お上から望まれているような形で真面目に仕事に取り組むなら、やはり負担は大きなものとなる。しかし賄賂《わいろ》を受け取り強請《ゆす》り集《たか》りに等しいような振る舞いに及ぶなら、ただの先手組の下僚では望むべくもないほどのお財《たから》を懐にできるのだった。

実際、この物語よりおよそ二十年前に堀帯刀《ほりたてわき》が加役を命ぜられたとき、先手組与力の十人が、自分を火付盗賊改の下役に含めてもらおうと合同で百両、堀に贈ったという風聞が記録されている。

——こやつ、どこまで勘づいておる……。

そんな思いを心に浮かべてしまったのは、本日この場に来てからずっと、奥野が配下を選ぶにあたって能力見識以外を目安に人選を行ったことへの後悔を覚え続けていたからだった。

たかが同心風情にここまでのことを言われたなら、本来であれば「無礼者！」

と激高して当然だった。

が、今の奥野にはそれができない。ここに至るまで散々やられ続けたのと同様、またもやり込められてしまう己の姿がまざまざと目に浮かんでしまったからだ。

町方同心は、軍制上で言えばただの足軽格。戦《いくさ》となれば全軍の先陣を切って敵に向かう一隊を率いる己が、たった一人の足軽に怯《おび》えている……。

その事実から目を逸《そ》らすには、余計な反応はせずにただこの場から立ち去るより他に方法がなかった。

「ああ、奥野様。お帰りになる際に、貞吉を引き取るための当御番所の者をお連れいただいてもよろしいか」

何ごともなかったような声で、背後から唐家が問うてきた。

「向井《むかい》」

引き連れてきた中の与力の一人にそれだけ言い置いて、奥野は話し合いのために用意された座敷から逃げるように出ていった。

奉行所本体の建物の玄関に居並んで奥野たちを見送った唐家は、相手の姿が表門の外へと消えて解散しようとなったとき、隣に立っていた男へ声を掛けた。

「裄沢。そなたいくら何でも、最後のあれはやり過ぎぞ。聞いていてどうにも肝《きも》が冷えたわ」

つくづく本心からの言葉であった。

「それがしは、唐家様よりお命じあったことを、きちんと為《な》し遂《と》げんとしたまでにござります」

何の温度も感じさせせぬ声で淡々と返した裄沢は、一礼すると己も建物から出て同心詰所へと向かっていった。

十二

「おう、裄沢さん」

火付盗賊改方の奥野が北町奉行所を訪れてより二日ほど後。こたび大いに世話になった石子と三上がともに出仕する日に合わせ、裄沢は廻り方が夕刻の打ち合わせをする場に顔を出した。

二人に礼を言って表に出たところで、横合いから声を掛けられたのだ。

見やれば、身分違いにもかかわらずいつも気さくに接してくれる吟味方の与力が、にこやかに手を挙げていた。

「これは甲斐原様。今お帰りですか」

「おう、今日は珍しく早く終わったからな――開健堂の一件の番頭・兼五郎、観念してすっかり吐いたぜ」

「律儀と評判の人物だったようですが」

それが、兼五郎に疑いを掛けたときにわずかに感じていた懸念だった。

「なぁに、潰れた元の見世のお嬢さんを女房にしたって美談の持ち主だったけど、実際は尻に敷かれて大変《てえへん》だったようだぜ。新しい着物だ簪《かんざし》だ、芝居見物だって、贅沢《ぜいたく》すんのを止められねえで、ずいぶんと借金重ねてたみてえだ。

その上で、彦次郎からぁまぁだ人物見定められてる途中だったんだろうなぁ。見世で売れ筋の薬の調合についちゃあ、教えてもらうどころか同じ部屋にも入れてもらえねえままだったってんで、大分《でえぶ》不満を溜め込んでたようだ――つっても、もし知ったならそのまんま金に換えてておかしかねえほど首が回らなくなってたらしいけどな」

「そうだったんですか……」

自分が無辜《むこ》の者にお縄を掛けるようなことはしていなかったと知って、裄沢は内心安堵する。

そんな心の動きを知ってか知らずか、甲斐原は「ところでよ」とさらなる話を持ち掛けてきた。

「あの加役の奥野って御仁、城中で若年寄に呼びつけられて、こっぴどく叱られたって噂だぜ」

裄沢は奥野に対し、「鵜飼への苦情を取り下げるなら、こちらも奥野の組の所行を上に訴えるようなことはしない」と約束したし、北町奉行所はきちんとその約束を守っている。

しかし、そうなる前に奥野が自分で告げ口したことの尻は、自分で拭ってもらうしかないのである。これについては、後ろめたさなど毛ほども覚えていない裄沢であった。

「しっかしナンだなぁ。まぁたお前さんにゃあ、借りが増えちまったなぁ」

「そんな。甲斐原様には昨年の吉原の一件でお手数をお掛けしたばかりですし、こたびのことは命ぜられた仕事をどうにかこなそうとしただけですので。甲斐原様に貸しなどと、とんでもないことです」

「何言ってんでえ。こたびのこたぁ、この北町奉行所《きたのごばんしょ》の体面が保たれるかどうかって一大事だったんだ。もし加役の風下に立たされるようだったら、おいらだって肩で風ぇ切って町ン中歩けたモンじゃなくなってらぁ。そんなわけで裄沢さん。お前さんこたびはおいらだけじゃあなくって、この御番所のみんなに大《でけ》え恩を売ったと思っててていいんだぜ」

言ってからポンと肩を一つ叩くと、甲斐原は上機嫌で去っていった。

前年十月に助役として火付盗賊改方を拝命した奥野は、その期間が終了したとしてこの年三月にお役を免ぜられた。いまだ当人が望みを持っていたかは不明だが、その後奥野は再び加役に任じられることも、その他の重要なお役に就くこともなく生涯を終えている。

この作品は双葉文庫のために書き下ろされました。

双葉文庫

し-32-42

北《きた》の御番所《ごばんしょ》 反骨日録《はんこつにちろく》【九】

廓証文《くるわしょうもん》

2023年12月16日　第1刷発行

【著者】

芝村涼《しばむらりょう》也《や》

【発行者】

箕浦克史

【発行所】

株式会社双葉社

〒162-8540 東京都新宿区東五軒町3番28号

［電話］03-5261-4818(営業部)　03-5261-4868(編集部)

www.futabasha.co.jp(双葉社の書籍・コミックが買えます)

【印刷所】

中央精版印刷株式会社

【製本所】

中央精版印刷株式会社

【フォーマット・デザイン】

日下潤一

ISBN978-4-575-67186-5 C0193

Printed in Japan

芝村涼也

北の御番所 反骨日録【一】

春の雪

長編時代小説〈書き下ろし〉

男やもめの屁理屈屋、道理に合わなければ上役にも臆せず物申す用部屋手附同心・裄沢広二郎の奮闘を描く、期待の新シリーズ第一弾。

芝村涼也

北の御番所 反骨日録【二】

雷鳴

長編時代小説〈書き下ろし〉

深川で菓子屋の主が旗本家の用人に無礼討ちにされた。この一件の始末に納得のいかない同心の裄沢は独自に探索を開始する。

芝村涼也

北の御番所 反骨日録【三】

蟬時雨

長編時代小説〈書き下ろし〉

療養を余儀なくされた来合に代わって定町廻りのお役に就いた裄沢広二郎の前に現れた人足姿の男。人目を忍ぶその男は、敵か、味方か!?

芝村涼也

北の御番所 反骨日録【四】

狐祝言《きつねしゅうげん》

長編時代小説〈書き下ろし〉

盟友の来合轟次郎と美也の祝言を目前に控え、段取りを進める裄沢広二郎。だが、その二人の門出を邪魔しようとする人物が現れ……。

芝村凉也

北の御番所 反骨日録【五】

かどわかし

長編時代小説〈書き下ろし〉

用部屋手附同心、裄沢広二郎を取り込もうと近づいてきた日本橋の大店、鷲巣屋の主。それを撥ねつけた裄沢に鷲巣屋の魔手が伸びる。

芝村凉也

北の御番所 反骨日録【六】

冬の縁談

長編時代小説〈書き下ろし〉

裄沢広二郎の隣家の娘に持ち込まれた縁談の相手は、過去に二度も離縁をしている同心だった。裄沢はその同心の素姓を探り始めるが……。

芝村凉也

北の御番所 反骨日録【七】

辻斬り顚末

長編時代小説〈書き下ろし〉

岡場所帰りの客が斬られる事件が多発する。北町奉行所が調べを進めると、意外な人物が下手人として浮かび上がってきた。

芝村凉也

北の御番所 反骨日録【八】

捕り違え

長編時代小説〈書き下ろし〉

お役へ復帰した裄沢は御用聞きによる無道な捕縛の話を聞き、その裏にいる臨時廻りの行動に疑問を抱く。痛快時代小説第八弾！